둘이서 살아간다는 것

둘이서 살아간다는 것

ふたりぐらし

사쿠라기 시노 장편소설 | 이정민 옮김

mongsil
BOOKS

일러두기

본문에 있는 모든 주석은 옮긴이의 주입니다.

차례

1. 귀뚜라미 · 7

2. 가족 여행 · 39

3. 영화 팬 · 69

4. 미안, 좋아해 · 95

5. 꿰매기 · 121

6. 남과 여 · 147

7. 비밀 · 171

8. 휴일 전날 밤 · 199

9. 이상적인 사람 · 225

10. 행복론 · 251

옮긴이의 말 · 277

1

귀뚜라미

시원한 에어컨 바람이 나오는 전철에 올라탔을 때 노부요시의 이마에 땀이 송골송골 맺혀 있었다.

어머니 데루는 곧장 노약자석에 가서 앉았다. 점심때에 접어든 삿포로행 쾌속 열차 안에는 계절을 벗어난 듯한 한가로운 기운이 감돌았다.

데루는 노약자석 세 자리 중 끝에 앉고는 아들 노부요시에게 이리 오라고 손짓을 했다. 죽 이어진 노약자석과 일반석은 손잡이 봉과 시트 색깔로 구분되어 있다. 노부요시는 어머니 옆에 앉고 나서야 맞은편의 빈자리를 보고 슬며시 후회했다.

고희의 어머니와 불혹의 아들.

노부요시는 비참한 기분을 떨치기 위해 일찌감치 꼴사납다는 것을 인정했다. 아침에 아내인 사유미가 내뱉은 말이 가슴에 생채기로 남아 있었다.

——병원에도 그런 할머니, 할아버지들 많아. 잘해 드려.

차라리 어머니의 괴팍한 성격에 대해 싫은 소리 한 번쯤 하는 것이 낫다. 내과 외래에서 간호사로 일하는 아내의 눈에는 시어머니가 아들을 불러내는 이유와 심보, 혹은 거절하지 못하는 남편의 속마음까지 전부 훤히 보이는 모양이다.

데루는 일요일 밤이면 반드시 아들에게 전화를 한다. 용건은 "무릎이 쑤셔서 병원에 가야 하니 데려다 다오", 혹은 "허리가 아파서 부엌일을 못 하겠구나"였다. 동네 병원은 미덥지 못하다며 삿포로까지 나가고 싶어 하는 통에 노부요시는 월요일 아침부터 삿포로와 에베쓰를 두 번 왕복해야 한다. 승차 시간은 편도로 30분이 채 안 되지만, 본가에서 전철역까지 걸어가는 10분이 어머니와 둘이 가기에는 몹시 길게 느껴진다.

매주 삿포로역 인근 백화점에서 메밀국수를 먹은 뒤 정형외과로 모시고 간다. 진찰을 받고 약을 탈 무렵이면 어느덧 저녁때다. 전화로 증상을 호소할 만큼은 아니건만, 벌써 이런 일이 반년이나 계속되고 있다. 의사는 진통제와 비타민제만 처방해 준다. 한번 내과 검사를 꼼꼼히 받아 보는 것이 어떻겠느냐는 사유미의 말을 전하면 어머니는 떨떠름한 표정을 짓는다.

노부요시가 어렸을 때부터 어머니는 별 생각 없이 내뱉은 말 때문에 인간관계가 깨지는 일이 많았다. 어머니는 아버지를 먼저 떠나보내고 10년째 혼자 살고 있다. 자주 왕래하는 친구 하나 없고, 하나뿐인 아들은 시대에 뒤처진 영사기사로 벌이가 거의 없다.

노부요시는 시내 및 인근 시정촌(市町村, 기초 자치 단체)의 행사나 옛날 영화 상영회가 열려 요청이 올 때만 영사기사로 일한다. 그 외에는 비영리단체인 NPO법인에서 운영하는 '북(北)의 영화관'에서 일한다. 홋카이도 지역을 무대로 촬영한 영화의 자료관으로, 일주일에 한두 번 접수처 자리를 지킨다. 영사 기술을 전수하는 강사로 명부에 이름을 올리고, 틈틈이 각본을 쓰고 있지만 일로 연결되지는 않았다.

노약자석과 일반석을 구분하는 손잡이 봉과 냉방 덕분에 어머니의 체온을 직접 느끼지 않아도 되는 것이 오늘 처음 겪은 '좋은 일'이었다.

열차 바닥에 진 네모난 양달을 보면서 발차 시각을 기다렸다. 그때 사복 차림의 고등학생 네 명이 뛰어 들어왔다.

"어휴, 시끄러워."

데루가 평소와 다름없이 내뱉은 말이 뜻밖에도 열차 안에 울려 퍼졌다. 홀쭉한 체형의 남녀 고등학생 네 명이 일제히 이쪽을 쳐다본다.

전철이 출발하고 역을 두 개나 지났는데도 고등학생들의

시선이 못 견디게 신경 쓰였다. 이럴 때 노부요시가 할 수 있는 것은 어머니와 상관없는 사람인 척 연기하는 것이었다.

분노에 가득한 시선이 어머니에게 집중되어 있을 때 노부요시는 남인 척한다. 전철에서 옆에 나란히 앉아 있을 때는 물론, 메밀국수 집에서는 운 나쁘게 '합석'하게 된 손님인 척을 한다. 사람들 눈에 어떻게 비칠지가 문제가 아니다. 자리에서 한 발자국도 움직이지 않은 채 불편하고 거북한 기분에서 벗어나는 것이 중요하다. 어머니 본인은 그런 타인의 시선이나 아들의 속마음을 알아차리는 기색도 없다.

차창 너머로 일정한 간격으로 조성된 바람막이숲이 보인다. 자신의 심정이 눈앞에 펼쳐져 있는 것 같다. 전철이 매일 사람을 실어 나르는 것도, 지나가는 풍경도 왠지 끝이 보이지 않는 필름과 비슷하다.

최근 몇 년간 날이 맑든 흐리든 간에 노부요시의 월요일은 데루를 위해 쓰였다. 어머니는 자신의 요구가 아들을 낳은 여자의 권리라 믿어 의심치 않는 듯했다. 바람막이숲이 지나가고 지상의 모든 것을 폭삭 뭉개 버릴 듯한 하늘이 나타나면 늘 똑같은 것을 생각했다.

지금 돌아가서도 그리 아쉽지 않으리라. 매주 이맘때면 늘 똑같은 생각이 밀려온다. 처음 머릿속에 문장으로 떠올랐을 때는 순간 당혹스러웠지만 두 번째부터는 익숙해졌다.

자식을 앞세우는 것보다야 낫지, 하는 생각은 이윽고 슬퍼하더라도 요란 떨지 않는 편이 낫겠다는 생각으로 이어진다.

아내가 달래 줄 만큼 자신의 월요일이 헌신적이라 믿고 싶다. 설령 어머니에게 친구가 한 명도 없고, 이 효도를 아무도 칭찬해 주지 않더라도 말이다.

삿포로 역이 한 정거장 남았을 때 데루가 입을 열었다.

"매번 똑같은 메밀국수 집에 가기도 질리니 오늘은 장어나 먹으러 갈까?"

"나, 장어 살 돈 없는데."

상대가 어머니든 아내든 "나 돈 없어" 하고 말할 만큼 자존심의 허들을 낮추는 데는 선수가 되었다.

영사기사라는 직업은 필름 영사기를 사용하지 않는 멀티플렉스 영화관의 인기가 높아져 동네 영화관이 점차 사라진다고 하는 상황에서 선택한 직업이었기 때문에 처음부터 오래가지 못하리라는 것을 알고 있었다. 영화관에서 아르바이트를 하며 대학교를 6년간 쉬엄쉬엄 다녔다. 아르바이트가 본업이 된 후에도 노부요시의 지갑에는 여전히 여유가 없었다. 매일 영화를 볼 수 있는 직업은 이 밖에도 더 있었을 테지만 그것을 적극적으로 알아볼 생각은 하지 않았다.

"맛있는 음식 먹기로 했을 때는 돈타령하는 거 아니다."

데루가 역정을 내며 말했다. 요즘 부쩍 목소리가 커진 것은 귀가 어두워서임을 그제야 깨달았다. 플랫폼과 전철, 병원, 음식점에서도 데루가 입을 열 때면 누군가 이쪽을 쳐다본다. 아들의 대답을 알아듣기 위해 무심코 목소리를 크게 내는 모양이다.

삿포로에 도착하고 나서도 데루의 걸음걸이는 가벼웠다. 오늘은 또 어디가 아파서 병원에 가자는 것이었던가. 무릎이었나, 허리였나, 아니 등이었던가. 정작 노부요시도 어젯밤 전화였는지 지난주 전화였는지조차 분간이 가지 않으니 남 말할 처지는 아니었다. 초등학생 키만 한 어머니가 백화점에 들어가 곧장 엘리베이터 앞에 줄을 섰다. 노부요시는 우연히 가는 방향이 같은 사람인 척 그 옆에 섰다.

점심때의 식당가는 대기 줄이 있는 가게와 한산한 가게가 반쯤 섞여 있었다. 데루가 단골 메밀국숫집에 도착하기도 훨씬 전에 걸음을 멈췄다. 가게 앞에 진열된 고급 장어덮밥인 우나주(鰻重) 모형을 진지하게 살펴본다. 네모난 칠기 그릇에 밥을 담고 그 위에 장어구이를 얹은 요리로, 장어의 간을 넣어 끓인 맑은 장국과 채소 절임까지 곁들여 나오는 고급 장어 요리다. 진하고 고소하면서 달짝지근한 장어구이 냄새에 식욕이 동했지만, 가격을 보자 그러고 싶은 마음이 싹 달아났다. 이 장어덮밥 1인분이면 비교적 저렴한 장어 찜을 네 조각이나 먹을 수 있다.

"자꾸 보면 먹고 싶어지니 저쪽으로 가자."

노부요시가 어머니의 굽은 등에 대고 말했다. 아들의 말을 신호로 데루가 허리를 쭉 펴더니 포렴을 걷고 가게로 들어갔다. 뒤늦게 노부요시도 따라 들어갔다. 서민적인 가격과는 거리가 멀어서인지 손님이 군데군데 자리한 실내는 매우 조용했다. 나이가 지긋한 손님도 여자 둘이 온 손님도 있지만, 노모와 아들의 조합은 없었다.

주문을 받으러 온 종업원에게 데루는 가장 비싼 장어덮밥을 시켰다. 노부요시는 당황한 티를 내지 않으려 애썼다. 종업원이 가고 난 뒤 어머니에게 작게 "갑자기 왜 그래?" 하고 물었다. 데루는 눈살을 찌푸리며 귀를 내밀 듯이 다가왔다. 노부요시는 마주 앉은 테이블 위로 몸을 내밀고 똑같은 질문을 다시 했다.

"언젠가 먹고 싶었단다. 이곳은 늘 그냥 지나갔잖니."

"아, 그랬구나."

노부요시는 아무렇지도 않은 척 짧은 대답으로 대화를 중단했다.

장어덮밥이 나오자 데루는 처음 보는 부드러운 표정을 지으며 젓가락으로 장어를 한 입 크기로 잘라 입으로 가져갔다. 노부요시는 그런 어머니를 흘끔흘끔 살피는 한편 간간이 채소 절임과 장어내장국으로 입 안을 개운하게 하며 장어를 맛보았다. 주머니 사정 때문에 평소에는 접하지 못하는 음식이라 몇 배는 더 맛있게 느껴졌다. 여기에 생맥주 한 잔만 더해진다면 어머니 일은 물론 아내 일도, 그리고 일상 그 자체도 희미해질 것 같았다.

음식이 한 입 남았을 때 손이 멈췄다. 마지막으로 장어를 먹은 것이 언제였는지 좀처럼 기억나지 않는다. 기억이 나면 먹어야겠다고 생각하자 괜히 목이 말랐다.

"맛있기도 하지."

무심코 어머니 얼굴을 쳐다봤다. 그 순간 기억의 안개가 걷히고 마지막으로 장어를 먹었던 것이 아버지의 칠일재였던 것이 생각났다. 벌써 10년이나 장어를 먹지 않았다는 신선한 놀라움과 함께 기억이 머릿속에 하나둘씩 흘러 들어왔다. 어머니와 아들 둘만의 가족장이었다. 친척과 교류가 없는 일가의 장례식은 양심에 찔릴 만큼 간단히 끝났다.

아버지가 돌아가셨을 무렵에는 그 정도까지 단출한 장례식은 거의 없었다. 노부요시도 지금보다는 일이 바빴고 3년 사귄 여자와 헤어진 직후의 일이기도 했다. 아버지가 돌아가셨다는 사실보다는 괴팍하고 안하무인인 어머니를 앞으로 어떻게 대해야 할지 당혹감이 컸다.

아버지의 칠일재에 어머니는 향후 공양에 관한 이야기도 하지 않고 "장어가 먹고 싶구나"라고 말했다.

정갈한 분위기의 음식점에서 평소에는 입에도 대지 못하는 최고급 장어를 먹었다. 그 자리에 아버지가 없다는 것을 확인하듯 어머니와 둘이서 말없이 장어덮밥 그릇을 깨끗이 비웠다.

기억해 냈다는 고양감에서인지 노부요시는 마지막 한 입을 삼킨 뒤 잘 먹었다는 인사말 대신 말했다.

"마지막으로 장어 먹은 건 아버지 칠일재였지."

어머니가 또 귀를 내밀기에 노부요시는 또박또박 다시 한 번 말했다. 데루는 "그랬나?"라는 말과 함께 의아해하는 표정을 지었다. 서로 다르게 기억하나 싶어 불안했지만 그 불안도 몇 초 가지 않아 사라졌다. 어머니의 기억도, 자신의 기분도 차창을 흘러가는 풍경 같다. 하염없이 이어진다는 공포를 품고 끝이 없다.

집에 있는 것보다 훨씬 고급스러운 이쑤시개로 이를 쑤시며 아내 사유미에게는 장어 이야기를 하지 않기로 마음먹었다. 생각해 보니 사유미와는 둘이서 장어를 먹은 적이 없다. 노부요시가 좋아하는 음식이라는 것도 아내는 모른다.

형편에 맞게 맥주 대신 발포주(맥주보다 맥아 함량이 낮아 값이 저렴한 유사 맥주)를 마시고, 생활비를 신경 쓰면서 두부 값을 따져 보고, 아내가 부탁한 식료품을 최대한 저렴하게 구입해 두는 것이 노부요시에게 맡겨진 집안일 중 하나였

다. 반값 할인된 유부를 오븐 토스터에 구워 간장을 뿌려 먹
으면 일품이다. 사유미는 가끔 다른 야간 진료소에서 아르바
이트를 한다. 일을 가리는 탓에 벌이가 시원찮은 남편이 만
든 음식을 맛있게 먹는 아내 앞에서 당당히 맥주를 마실 수
는 없었다.

데루가 가방에서 지갑을 꺼내며 일어섰다. 노부요시도 뭉
그적뭉그적 따라나섰다. 종업원이 오기 전에 계산대 앞에서
"정말 얻어먹어도 되나?" 하고 슬쩍 물었다. 들리지 않는지
대답이 없다. 흘끔 살펴보니 어머니 지갑 안에 만 엔짜리가
두 장 들어 있다. 지갑이 터질 듯이 빵빵한 것은 동전도 함
께 들어 있기 때문이었다. 자세히 보니 오백 엔짜리 동전이
포개어져 있었다. 노부요시가 동전 지갑을 따로 들고 다니기
귀찮아하는 성격까지 어머니를 닮았던 것이다.

슬그머니 음식점 밖으로 나와 곧장 화장실로 들어갔다. 어
머니에게 장어를 얻어먹었다는 것보다 아내에게 이 사실을
숨기는 것이 더 중요한 과제였다.

화장실을 나와, 음식점 앞에 서 있는 어머니 옆으로 갔다.
노부요시를 올려다본 데루의 표정이 전에 없이 무너졌다. 울
듯한 어머니의 얼굴을 보자 왠지 또 모르는 사람인 척하고
싶어졌다.

"아이고, 다행이구나. 어디 가 버린 줄 알았잖니."

"화장실 간다고 했잖아."

아니, 말하지 않았을지도 모른다——.

"가게에서 나오니 아무도 없어서, 기어이 오고야 말았구나 싶었지 뭐냐."

"오다니, 어디를?"

노부요시의 물음에 데루는 망설임 없는 눈동자로 "저세상" 하고 대답했다. 어깨로 숨을 쉬고 있는 어머니를 보고 이 일도 아내에게는 말하면 안 되겠다고 생각했다. 통로를 오가는 사람들의 말소리가 갑자기 많아진 듯한 기분이 들었다. 어머니의 귀가 어두워진 만큼 아들의 청각이 날카로워진 걸까. 지나가는 자녀 동반 가족, 부부, 여자끼리 주고받는 말소리 하나하나가 귀에 들러붙어 당황스러웠다.

데루가 어깨로 숨을 크게 쉬며 말했다.

"오늘은 병원에 안 가련다."

"안 가다니, 어디가 아프다며? 그럼 뭐 하러 삿포로까지 나온 거야?"

"무릎. 장어를 먹었더니 나았구나."

그것참 고마운 일이네, 하는 말이 목구멍까지 올라와 황급히 삼켰다.

싫은 소리 한두 마디 내뱉었지만 결국 병원에 가지 않고 곧장 에베쓰로 돌아가게 되었다. 어머니네 동네 슈퍼마켓에 들러 식료품과 생필품을 골고루 구입하는 것도 월요일의 할 일이었다. 슈퍼마켓에서 데루는 노부요시가 들고 있는 장바구니에 '반값 할인' 스티커가 붙은 식품을 닥치는 대로 담았다. 노부요시는 식품의 유통기한이 일주일도 못 간다는 것을 알면서도 어머니가 오죽 기쁘면 저럴까, 하는 마음에 잔소리 한 번 한 적이 없다. 반값에는 그럴 만한 이유가 있지만 데루는 그것을 모르는 척하는 데 도가 텄다. 옛날부터 물건을 제값 주고 사면 손해라고 생각했기 때문에 그 생각은 쉽게 바뀌지 않는다.

결혼하고 얼마 후 데루가 장볼 때 따라나선 사유미는 "혼자 계시니 신선한 걸 사는 게 결국 이득이에요" 하고 말해서 데루의 기분을 상하게 했다.

——괜한 참견이었다는 걸 지금은 알지만.

미안해, 하는 아내의 말에 노부요시는 어머니 일로 아내에게 사과할 기회를 잃었다.

노부요시는 식료품이 냉장고에 들어간 뒤 썩은 상태로 방치되어 있는 것을 여러 번 봤다. 썩은 식료품은 어느새 냉동고로 옮겨졌다가 겨울이 되면 없어졌다. 하긴, 땅이 얼 만큼 추운 날씨에는 냄새도 심하지 않으니.

장봐 온 식료품을 냉장고에 집어넣자 오후 4시가 넘었다. 병원에 갔으면 저녁 8시가 넘어서야 집에 왔을 것이다. 장어를 먹고 병원에는 가지 않았으니 오늘은 좋은 날이다. 손뼉을 치고 싶은 심정으로, TV 앞에 앉아 볼륨을 키우는 데루의 등에 대고 말했다.

"그럼 난 이만 갈게."

목소리가 들리지 않는 모양이다. 노부요시는 어머니 뒤로 바짝 다가가서 다시 말했다.

"엄마, 나 간다고."

순간 소스라치게 놀란 데루가 겁먹은 눈으로 물었다.

"네가 왜 여기 있니?"

"왜라니, 나야말로 궁금하네."

말하면서 어머니의 손에서 리모컨을 홱 낚아채 TV 전원을 껐다. 너무 놀란 얼굴을 하기에 괜히 욱하고 성질이 났다.

"아침에 삿포로 병원에 같이 가기로 해서 집까지 데리러 왔잖아. 삿포로에 갔는데 무릎이 안 아프다고 해서 그냥 돌아와서 슈퍼마켓에 들러 장본 다음 식료품을 냉장고에 넣었잖아, 내가, 방금."

장어를 얻어먹은 부분만 빠져 있었다. 문득 장어집 앞에서 "저세상인 줄 알았다"라고 말한 데루가 떠올랐다. 기어이 오고야 말았구나, 하고 말해야 할 사람은 노부요시였다. 어머니는 노망이 들기 시작한 것이다. 마음에 수수께끼 같은 스위치를 품고 켰다 껐다 한다.

기어이 오고야 말았구나——.

사유미에게 뭐라 말해야 할까. 노부요시는 아내에게 할 변명부터 생각했다. 남편 하나만 해도 상당한 부담이 될 터인데 치매 걸린 시어머니까지 돌보게 할 수는 없다. 염치 차린다고 하면 그나마 낫겠지만 이것은 명백한 허세이리라. 노부요시는 아내에게 더 이상 약점을 잡히고 싶지 않은 것이다.

"엄마, 왜 그래?" 다정하게 물었다.

"왜 그러긴. TV 보다 널 깜빡했지 뭐냐. 미안하구나."

데루는 느릿느릿 시선을 움직여 1월에 멈춰 있는 달력을 보고 "벌써 시간이 이렇게 되었네"라고 말했다. 진심인지 농담인지 분간이 가지 않을 만큼 진지한 얼굴이다.

"나 갈게."

이제 안 와, 하고 말하고 싶은 심정을 억눌렀다. 정말 그런 일이 가능하다면 진작에 '상식'에서 벗어났을 것이다.

지금 역으로 가서 쾌속 열차를 타면 사유미가 퇴근하기 전에 저녁 준비를 할 수 있다. 그것으로 장어를 먹은 양심의 가책을 상쇄하는 것이다.

데루가 놀랍도록 생글생글한 얼굴로 말했다.

"그런 소리 말고 좀 더 있다 가요. 자, 어서 이쪽에 앉으시구려."

이번에는 다른 스위치가 켜진 모양이다. 수십 년간 깔아

놓은 채 방치된 카펫에는 보풀이 없어지고 군데군데 아버지가 떨어뜨린 담배 불똥 자국만 남아 있다. 고타쓰 이불은 도대체 어디에 있는지 지난 몇 년간은 겨울철에도 나와 있는 것을 못 봤다. 삐걱대는 바닥에 주뼛주뼛하며 앉았다. 데루의 얼굴에 연신 미소가 떠나지 않는다.

"그래서 말이지요, 내 언젠가 당신한테 사모님을 만나게 된 계기를 여쭈려 했답니다."

"계기, 말인가요?"

그렇다──. 어머니는 아버지를 만난 젊은 시절에 포목점에서 일했다고 하지 않았던가. 실성했는지 제정신인지 모를 어머니. 집이 어둑어둑해서인지 어머니 눈이 반짝여 젊어 보인다. 그녀에게 이곳은 지금 포목점 마룻바닥일지도 모른다.

"아내를 처음 만난 건 슈퍼마켓 입구였습니다."

"어머, 슈퍼에서."

데루는 호들갑스럽게 놀라며 손을 입가에 대고 웃었다.

이때 어머니의 세계로 자연스럽게 들어가는 자신에게 솔직히 놀랐다. 이 대화가 각본처럼 느껴지기도 했다. 이것을 영상으로 만들면 의외로 좋은 이야기가 되지 않을까.

"동네 슈퍼에 갔는데, 어떤 여자가 슈퍼 입구에 앉아 벌레를 한 마리씩 잡아서 수풀에 던지고 있더군요. 잠시 그 모습을 지켜보다 여자가 일어섰을 때 뭘 한 거냐고 물었습니다."

"그것참 용기가 필요했겠네요."

어머니는 깊이 감동한 듯 말하더니 고개를 크게 주억거렸다. 이것이 노부요시를 낳기 훨씬 전, 아버지를 만나기도 전의 직장인 시절 어머니인가.

"네, 제가 생각해도 용케 말을 걸었구나 싶습니다."

굳이 어머니에게 사유미와의 첫 만남에 대한 이야기를 할 필요는 없다. 하지만 처음으로 '닳고 닳지 않은 여자'에게 반한 날의 일은 노부요시의 인생에 얼마 없는 찬란한 기억이었다. 이렇게 말로나마 도망칠 곳을 얻는 자신을 비웃으면 마음의 균형도 유지할 수 있다.

"그랬더니 여자가 '귀뚜라미를 놔주었다'고 대답하더군요. 밟히는 쪽도 밟는 쪽도 얼마나 싫겠냐면서요. 그 말을 듣는 순간, 왠지 좋은 여자라는 생각이 들었습니다."

내버려 두면 밟혀 죽을 벌레와 그 벌레를 밟음으로써 생긴 죄책감과 불쾌함을 외면하듯 마음에 뚜껑을 하나 덮어야 할 사람. 양쪽을 동시에 배려할 줄 아는 여자의 마음씨가 사뭇 사랑스럽게 느껴졌다. 손이 닿는 곳에 있던 귀뚜라미를 전부 수풀에 던진 뒤 사유미는 "이제 됐다" 하고 일어선 것이다. "당신은 좋은 사람이군요"라고 말한 노부요시를 눈이 부신 듯 올려다보던 눈동자가 머릿속에 떠올랐다.

"어머, 귀뚜라미를. 정말 근사한 이야기네요."

"그때부터 사귀기 시작해서 지금은 그녀에게 빌붙어 살고 있습니다."

진심으로 쑥스러운 마음이 들어 노부요시는 자신이 섬뜩하게 느껴졌다. 이대로 어머니가 있는 세계에서 돌아오지 못하는 것은 아닐까, 하고 불안이 스멀스멀 올라왔다. 데루는 "어머나, 세상에" 하고 미간을 찡그렸다. 그러고는 대놓고 "당신은 일을 안 하나 보죠?" 하고 묻는 성격은 젊은 시절부터 변하지 않은 모양이다. 말을 가려서 할 줄 모르는 점원이라니, 고용주도 여간 곤란한 게 아니었을 것이다.

"실은 영사기사인데요."

무의식중에 입에서 튀어나온 직업은 각본가도 평론가도 아니었다. 돈 한 푼 안 되는 원고를 쓰면서 그것을 직업으로 밝히는 어리석음만큼은 피할 수 있었다. 직업이라고 내세울 것이 전직 영사기사밖에 없다 해도, 돈 안 되는 원고나 쓰는 초라한 자신에게서 눈을 돌리고 싶었다.

"언젠가는 제 손으로 아내를 먹여 살리고 싶지만요."

"암요, 그렇게 해 주신다면 나도 어머니로서 무척 기쁠 거예요."

데루가 자비로운 눈길로 말했다.

어머니가 도대체 어느 연령대의 어느 시기에 있는지 몰라 당황스러웠다. 연령뿐만 아니라 장소도 의식도 고정되는 일

없이 여기저기 옮겨 다니는 것 같았다. 망연히 보고만 있자 이제껏 영업용 미소를 지었던 어머니가 대뜸 정색을 했다.

"얼른 가렴. 사유미한테 안부 전하고."

무뚝뚝한 어머니로 돌아왔다. 리모컨 전원 버튼을 누르는 어머니의 옆얼굴로는 지금까지의 대화가 그녀 안에 남아 있을지 없을지 알 수 없었다. 갑자기 내려진 무대의 막에 노부요시는 "뭐야, 정말" 하고 중얼거리며 일어섰다.

"그럼 간다. 냉장고 속에 있는 거, 너무 썩히지 마."

"나도 안다."

수상하다고 생각하면서 곰팡내 나는 본가를 뒤로 했다. 해가 뉘엿뉘엿 지는 거리에서 전철역을 향해 걸었다. 가로등 밑에서 손목시계를 봤다. 슬슬 전철이 붐빌 시간대다. 청바지 주머니에서 휴대폰이 진동했다. 사유미가 보낸 문자 메시지였다.

『어머님은 좀 어떠셔? 6시쯤 집에 도착할 것 같으니 오늘은 내가 저녁 준비할게. 중화냉면 어때?』

장어도, 어머니의 언행도 잠자코 있기로 마음먹었다.

노부요시가 빌라에 도착하자 신발장 위에 자신 앞으로 온 편지가 놓여 있었다. 발신처는 삿포로의 출판사로, 영화감독에 대한 평론을 써서 보낸 곳 중 하나다. 편지 봉투는 현관에 들어서면 바로 보이는 곳에 놓여 있었다. 평소 우편물은 현관문에 설치된 구멍에 넣어져 현관 바닥에 떨어져 있다. 따라서 사유미도 이 편지가 왔음을 알고 있다는 것이다. 노부요시는 당장 뜯어볼까 고민하다 혹시라도 편지를 읽고 있을 때 아내가 현관으로 나오면 민망할 것 같아 그냥 접어서 청바지 주머니에 넣었다.

"왔어?"

사유미가 거실 문으로 얼굴을 내밀었다. 샤워를 했는지 어깨까지 오는 머리가 젖어 있다. 화장기 없는 얼굴은 서른다섯 살보다 조금 더 어려 보인다. 병동에서 야근에 절어 있을 때보다 개인병원으로 옮긴 지금이 몸 컨디션이 좋다고 한다. 사유미의 시선이 신발장에서 노부요시로 옮겨졌다. 없어진 우편물에 대해 아내는 아무 말도 하지 않았다.

"나도 중화냉면 만드는 거 도울까?"

"이제 면을 삶기만 하면 돼. 고명으로 쓸 재료도 다 채 썰어서 준비해 놨거든. 그보다 어머님은 어떠셔?"

말끝을 올리며 묻는 그 목소리에 빈정대는 기색이라고는 전혀 없었다. 노부요시를 탓하듯 장어덮밥의 맛이 혀에 되살아났다.

"그냥 똑같지 뭐. 여전하셔."

"이번에는 허리였나, 무릎이었나."

천진하게 묻는 아내의 손에는 물이 담긴 곰솥이 있었다. 노부요시가 "허리였나" 하고 애매하게 대답하자 "걱정되네" 하는 말이 돌아왔다.

"걱정되다니, 뭐가?"

"뼈가 닳거나 잘못된 걸음걸이 습관으로 허리에 부하가 걸리는 등 이유는 다양하지만, 허리 통증은 내장과 관련된 경우도 많거든. 그러니 내과에서 검사를 한번 받으셨으면 좋겠는데. 꼭 우리 병원이 아니어도 좋으니."

"알겠어, 말해 볼게."

아무렇지 않은 척 대화를 계속하는 것도 괴로워졌다. 청바지 주머니가 몹시 신경 쓰였다. 이 출판사에는 반년 사이 원고를 세 편이나 보냈다. 답신이 온 것은 처음이지만 왠지 좋은 소식일 것 같지는 않았다. 봉투를 뜯기가 내키지 않는 반면 조금이나마 기대하는 자신이 답답했다.

사유미의 시선에서 조금만 벗어나고 싶었다. 어머니 이야기를 하면 마음이 불편해진다. 생활비도 못 버는 남편도 모자라 치매에 걸린 시어머니까지 따라오는 것은 아무리 너그러운 여자라도 못 견디리라. 부모의 반대를 무릅쓰고 혼인신고를 한 입장이라 사유미는 친정과 한 도시에 살면서도 좀처럼 찾아뵙지 않는다. 노부요시는 아내가 안쓰러워서인지, 자신이 안쓰러워서인지 평정을 찾기가 어려웠다.

장모님이 차라리 동거만 하라고 했을 때는 당황하기도 전에 말로 표현할 수 없는 패배감을 느꼈지만, 장인어른의 중재로 사유미의 고집이 통했다. 그때는 무직 기간이 이렇게 길어질 줄 몰랐다.

친정과 왕래를 끊고 혼인할 수도 있었다. 그러나 사유미는 도리를 지키길 원했고, 노부요시도 그런 사유미의 마음을 지지해 줘야겠다고 생각했다.

──예물까지는 바라지 않아요. 최소한 안정된 직장이라도 어떻게 안 되겠어요?

인사는 해야겠다 싶어서 만난 날 사유미의 어머니는 그렇게 말하며 노부요시를 압박했다.

예상했던 반응인데도 몇 년이 지난 지금도 가슴 밑바닥이 서늘하다. 영사기사는 안정적이지 않은 직업이 된 지 오래다. 지금의 노부요시는 직장을 까다롭게 고르느라 무직이 된 것이다.

어머니가 사 준 장어를 좋다고 먹어 치운 것이 오늘의 무거운 짐이 되어 가슴에 가라앉았다.

TV 근처에 비디오 대여점 봉투가 놓여 있다. 밟힐 뻔한 귀뚜라미를 놔주는 마음씨 착한 여자를 풍부한 영화 이야기로 서서히 옭아맨 나날이 떠올랐다.

"영화 빌렸나 봐?"

"응, 퇴근길에 잠깐 들렀지."

봉투를 들어 안에 있는 DVD 제목을 봤다. 《애정의 조건》, 《마지막 사랑》, 《데브라 윙거를 찾아서》 이렇게 세 편이었다.

"이거 다 그 배우가 나오는 거네."

"다 같은 코너에서 빌린 거니까. 언제였더라, 그 여배우 좋아한다고 말한 게 기억나서."

아직 영사기사라고 밝힐 수 있던 시절이다. 영화 이야기를 하다 보면 시간 가는 줄 몰랐고 사유미도 흥미진진하게 들어주었다. 돈이 없어서 곧 서로의 원룸을 드나들게 되었고, 서로 조심스럽게 굴거나 밀당 같은 것을 할 틈도 없었다. 그 나름대로 괜찮았다고 생각하면서도 남자와 여자로서는 뭔가 소중한 과정을 생략해 버린 듯한 아쉬움도 남아 있다.

"뭐부터 볼까?" 하고 사유미가 물었다. 노부요시는 잠시 생각한 뒤 《마지막 사랑》부터 보자고 했다. '어머니'나 '미련 없는 은퇴'와 같은 테마를 접하지 않아도 되는 영화는 사막의 풍경과 남녀의 권태밖에 없었다.

이제 곧 물이 끓는다기에 서둘러 손을 씻으러 갔다. 화장실에서 봉투를 뜯어 눈으로 글자를 쫓았다. 편지에는 정중하지만 분명한 거절의 문구가 쓰여 있었다.

『지난번, 지지난번에 보내 주신 원고도 읽어 봤습니다. 현존하는 영화감독을 비평하는 것이 얼마나 어려운지 새삼 깨달음과 동시에 귀하의 열의에 탄복했습니다. 다만 당사에서는 안타깝게도 귀하의 원고를 발표할 수 없다는 판단에 이르렀습니다. 향후 귀하의 건필을 진심으로 기원합니다. 원고 반송을 희망하실 경우, 부디 사양치 마시고 말씀해 주시기 바랍니다.』

돌연 가슴이 답답해졌다. 화장실 벽이 사방에서 자신을 향해 좁혀 오는 기분이 들어 황급히 변기 물을 내렸다. 편지를 봉투에 넣고 다시 주머니에 넣었다. 발신인은 노부요시가 보낸 원고가 여러 부 복사된 것 중 하나라는 것을 알고 있다. 똑같은 원고를 여기저기 보내 놓고 운 좋으면 작은 일이라도 하나 떨어지지 않을까 하는 속셈을 간파한 상태에서 원고를 되돌려 받고 싶으면 말하라고 쓰여 있다.

구부정해지려는 등을 애써 꼿꼿이 세우고 거실로 갔다.

사유미가 부엌에서 갓 삶은 면을 찬물로 헹구고 있었다. 노부요시는 방해되지 않도록 조심하며 찬장에서 큼직한 접시를 두 장 꺼내 좁은 조리대 위에 나란히 놓았다. 사유미가 솜씨 좋게 물기를 빼고 접시 위에 면을 나눠 담는다. 항상 노부요시의 면이 좀 더 많았다. 오이, 햄, 달걀지단 순으로 고명을 올리던 사유미가 "아" 하고 손을 멈췄다.

"혹시 점심에도 면류였어?"

"아니, 오늘은 닭고기 달걀덮밥."

"아, 다행이다."

엉겁결에 내뱉은 거짓말이 잇달아 빈틈을 가져올 것만 같았다. 서둘러 DVD를 세팅하고 플레이 버튼을 눌렀다. 귀에 익은 영화음악과 붉은 모래 풍경이 화면에 나타났다. 사유미는 테이블에 접시를 내려놓은 뒤 냉장고에서 발포주 두 캔을 가져왔다.

"역시 참깨소스가 맛있어."

다 먹었을 무렵 테이블에 발포주가 하나씩 더 놓였다. 하루에 두 캔이라니 호강하네, 하고 생각하면서 옆에 앉은 사유미의 갓 감은 머리 냄새를 맡았다.

"나 내일 쉬는데."

짧게 알려 주는 아내의 머리를 왼팔로 감싸면서 피임도구가 얼마나 남았는지 떠올렸다.

사유미는 그 주 일요일에 시어머니의 전화가 오지 않아 걱정했지만 노부요시는 짐짓 모르는 척을 했다. 이대로 연락이 없으면 솔직히 고맙다. 다리와 허리 통증에 정말 장어가 효과가 있다고 믿고 싶었고 역시 꾀병이었다는 확신도 있다.

귀는 정말 어두워졌을지 몰라도 치매에 걸린 척을 해서 아들의 주의를 끌어 볼 요량이라면 의연하게 뿌리쳐야겠다고 마음먹었다.

무슨 일이 생기면 연락이 오겠거니 하고 대수롭지 않게 여겼다. 설마 화요일 아침에 전화로 어머니의 죽음을 알게 될 줄은 몰랐다.

어머니가 119에 직접 전화해서 현기증이 너무 심하니 와 달라고 요청했다고 한다. 구급 대원이 달려갔을 때는 이미 의식이 없었고 이송된 병원에서 아들의 전화번호를 알아냈을 무렵에는 벌써 숨을 거둔 상태였다. 경과와 설명 모두 명쾌했다.

노부요시는 자리에서 일어나 거실을 빙 둘러봤다. TV 받침대 위에는 새로 빌려 온 DVD의 파란 봉투, TV 뒤에는 거의 걷은 적 없는 레이스 커튼, 벽에는 사유미의 출근과 휴일을 적어 넣은 달력, 수납장, 아침에 사용한 그릇이 그대로 있는 부엌. 그리고 노부요시의 무릎 높이 테이블에는 노트북이 있었다. 노트북 화면에는 쓰다 만 각본이 떠 있다.

언제까지나 서로 어긋나기만 하는 노망난 어머니와 아들의 대화를 쓴 참이었다. 각본의 마지막은 어머니의 휠체어를 밀며 걷는 아들의 뒷모습으로 끝낼 예정이다.

노부요시의 현실은 마음속에 그리는 이야기처럼 매끄럽게

진행되지 않았다.

순간 온몸에서 힘이 빠졌다. 데루는 어째서 정작 몸 상태가 나쁠 때에는 아들에게 의지하지 않았을까. 두 어깨가 단숨에 10센티미터나 내려간 듯한 기분이었다. 티셔츠 안쪽에 차가운 땀이 흐른다. 서둘러 셔츠를 벗고 양쪽 겨드랑이에 땀 억제 스프레이를 뿌렸다. 원고를 저장하고 노트북 전원을 껐다.

돌아가던 팬이 멈추며 바람 소리를 하나 남기고 사라진 화면에 자신의 얼굴이 비쳤다. 새삼스럽게 보는 얼굴에 데루의 언짢은 표정이 겹친다. 자신은 어머니를 닮았던 것이다.

어두운 화면에 시선을 떨구고 사유미의 휴대폰에 문자를 보냈다.

『어머니가 돌아가셔서 에베쓰에 다녀올게. 아버지 때 겪어 봐서 절차는 알고 있으니 괜찮아. 이쪽 일은 걱정하지 않아도 돼.』

사유미에게 전화를 받은 것은 병원 복도에서 장례 회사와 한창 상의하고 있을 때였다. 스스로도 놀랄 만큼 차분한 감정으로 일을 진행하고 있었다.

"방금 문자 봤어. 어머님 일, 정말이야?"

"응, 지금 장의사하고 상의하고 있어. 사망진단서가 아니라 검안서가 발급된다고 하네. 절차에 필요한 서류가 갖춰지면 화장할 거야. 그런 플랜으로 의뢰했어."

"그런 플랜이라니."

"꽃 장식이나 불경 같은 걸 최소한으로 하는 화장터 중심의 장례식이 있거든."

그게 가장 싸, 라는 말은 삼켰다. 곧장 이리로 오겠다는 사유미를 말렸다. 와도 할 일이 없으니 그대로 평소처럼 지냈으면 좋겠다고 전했다.

사유미의 말이 뚝 끊겼다. 1초, 2초. 흘끗 곁눈질을 하니 장의사가 수첩에 뭔가를 적어 넣고 있다. 정수리가 횅하다. 가족장이 전문인 개인 업체라고 들었다.

사유미는 나직하게 "알겠어" 하고 말했다.

"내가 할 수 있는 일도 있을 거야. 그건 확실히 말해 줘. 너무 무리하지 말고."

"고마워, 그럼."

대화 내용이 들렸을 터인데, 장의사는 아무 일도 없었다는 듯이 하던 이야기를 마저 했다. 같은 건물 안에 어머니의 시신이 있다. 지금은 그곳이 모든 일의 중심이건만, 노부요시의 마음은 어머니에게서 벗어나 바닥의 돌무늬를 덧그리고 있었다. 숨을 멈추고 있는 것은 자신이 아닐까 하는 착각이 든다.

"그럼 제반 수속을 마치고 화장 허가증 발급 후에 당사에서 고인을 모시도록 하죠. 유족 분의 사정과 화장터 대기 상황을 확인해서 일시를 정하려는데 어떠신지요?"

"그렇게 하시죠."

어머니의 죽은 얼굴은 생전과 다름없이 언짢아 보였다. 몸속에 무엇을 품고 있었는지, 사유미의 말대로 억지로라도 검사를 받게 했어야 했는지 삿포로의 집으로 돌아오는 전철 안에서 생각했다. 그러나 그것도 마음의 수지 균형을 맞추는 의례로 끝났다.

집에 와서 식탁 앞에 앉아도 어머니가 돌아가셨다는 실감이 나지 않았다.

"나도 갈래" 하고 사유미가 말했다. 노부요시는 "괜찮아" 하고 답했다. 그런 대화를 두 번 주고받은 뒤 사유미는 입을 다물었다. 아주 조금 미안하다는 마음이 들어 한마디 덧붙였다.

"실감이 안 나니까, 왠지 이대로도 좋지 않을까 하는 생각이 들어. 평소처럼 보내 드리고 올게."

너무 폼을 잡았나 싶어 반성하는 와중에 미소까지 흘러나왔다. 노부요시가 그렇게 말한 뒤 사유미는 장례식에 대해 한마디도 하지 않았다.

실제로 노부요시도 평소대로 전철을 타고 어머니를 병원에 데려가는 정도의 감각밖에 느껴지지 않았다. 시신을 봤을 때의 평탄한 마음에도 죄책감이 느껴지지 않았다.

육친을 잃었다는 사실에 적극적으로 슬퍼하지 못하는 것도, 사유미를 멀리하는 것도 '혼자'가 되기 위한 전조가 아닐까. 그렇게 생각하는 것으로 마음을 이해하고 싶었다. 어딘가 아직, 누군가를 연기하는 듯한 감각에서 벗어나지 못하고 있는 것 같았다.

"두 시간 정도 뒤에 불러 드리겠습니다" 하고 담당자가 말했다.

데루의 시신을 태우는 동안 노부요시는 화장터 로비에서 폭신폭신한 1인용 의자에 앉아 있었다. 로비는 조용하고 전면이 유리로 되어 있었다. 깨끗하게 닦인 유리 너머로 온통 하늘이 펼쳐졌다.

엷은 물색을 칠하고 또 덧칠한 듯한 색깔의 하늘에 한 줄기 비행운이 그려져 있다. 어디로 향하는지 하늘을 두 개로 쪼개려는 듯하다.

높이 더 높이 뻗어 나가는 구름의 끝은 날카롭지만 지평에 가까울수록 뿌예지고 있었다. 어머니가 언짢은 얼굴인 채로 어디로 가는지, 멍하니 여름 끝의 하늘에 물어본다.

하늘은 물색을 덧칠하고 자신은 거짓말을 거듭한다. 지난 주 월요일에 노망난 것처럼 보였던 것도 어머니의 사소한 장난이었을지 모른다.

눈물은 나오지 않았다. 이런 장면을 오래전부터 예감했던 것 같지만 이 또한 자신에게 하는 거짓말이 아닐까 생각한다. 우는 법을 떠올리는 것조차 시간이 걸릴 것 같다.

비행운이 속도를 내며 하늘에 번져 갔다. 이윽고 입김을 훅 불어서 날린 것처럼 바람에 지면서 모양을 잃었다.

노부요시는 로비에서 보이는 넓기만 한 하늘에 풀어질 것 같은 데루와의 시간을 돌이켜 봤다. 누구에게도 위로받지 못하고 누구를 위로하지도 않는 시간이었다.

어머니는 무사히 '저세상'에 도착했을까. 역시 '슬프다'라는 감정과는 다른 것 같다.

사유미에게 이런 모습을 보이지 않아 다행이다——.

혼자 보내 드리고 싶다는 말의 의미가 허세였나 생각하면 웃음이 난다. 이럴 때 혼자라면 울든 웃든 간에 책망받지 않는다.

그저 파랗기만 한 하늘을 보고 있자니 자신도 그 여름밤에 놓여난 귀뚜라미 중 한 마리였던 것 같은 기분이 든다.

아아, 하고 깨달았다. 동시에 데루의 목소리가 겹쳤다.

어머, 귀뚜라미를——.

시원한 날갯짓 소리로, 다 끌어안지 못할 만큼의 거짓말을 울려 퍼지게 하는, 여름 끝자락의 귀뚜라미였다.

2
———

가족 여행

면티와 청바지로 갈아입었을 무렵 휴대폰이 진동했다.

사유미는 서둘러 로커에 손을 뻗었다. 직원 휴게실에는 사유미밖에 없다. 노부요시인 줄 알았지만 화면을 보고 그 손을 멈췄다.

엄마구나——.

갑자기 휴대폰이 무겁게 느껴진다. 휴게실 벽에 걸린 달력을 봤다. 사유미의 생일이 다가오고 있었다. 통화 버튼을 누르자 맨 먼저 날아든 것은 놀라는 기척이었다.

"웬일이니, 네가 전화를 다 받고."

"방금 일이 끝난 참이라."

"근무시간 외에도 거의 안 받았잖니."

진저리나는 내용으로 시작되는 대화가 싫어서 어머니의 전화는 웬만하면 받지 않는다. 언젠가 근무 중에 부재중 전화가 다섯 통이나 와 있어 부랴부랴 전화를 걸었더니 용건이

'동거는 어쩔 수 없지만 혼인신고는 하지 않도록'이었다. 노부요시를 소개한 날부터 귀에 딱지가 앉도록 들었던 말이다. 자신이 먼저 연락하지 않게 된 지 4년이 지났다.

사유미의 생일에 혼인신고를 했기 때문에 그날은 부부의 경사가 겹친다. 그 당시에는 기념일을 한 번만 챙기면 노부요시가 신경 쓸 일도 줄어들 거라 생각했다.

친정에서 부를 때는 사유미 혼자 간다. 그것도 노부요시에게는 말하지 않고 해치우는 일이 많다. 어머니는 사유미를 만나면 처음에는 쌀쌀하게 굴다가 한 시간쯤 지나면 가시 돋친 말을 내뱉는다. 사위 이야기를 하면 서먹해질 것을 알면서도 사유미의 아픈 데를 콕콕 찌르는 것이다. 사유미는 남편의 직업에 관한 질문을 받으면 자연스레 뺨이 경직되는 것이 느껴졌다. 어머니에게 이런저런 잔소리를 실컷 듣고 나면 세상 끝에 홀로 서 있는 기분이 든다. 노부요시에게 의논할 수 없는 문제는 마음의 짐이 될 수밖에 없었다.

사유미는 한숨을 한 번 쉬고 용건이 없으면 끊겠다고 말했다. 좀 기다려 봐, 하고 어머니가 붙잡았다. 사유미의 시야가 갑자기 좁아지면서 무의식중에 달력에 못 박혔다.

"다음 휴일에 조잔케이 온천에 가자꾸나. 아버지가 너 보고 싶다셔. 벌써 일흔이라니 믿기지가 않는구나. 네 생일 축하는 네 남편하고 먼저 하겠지만 온천에서는 네 아버지 생일도 포함해서 또 건배하자꾸나."

아버지와 사유미는 생일이 똑같다.

전문대를 나온 어머니가 졸업과 동시에 결혼한 상대는 나이가 띠동갑 이상 차이 나는 조교수였다. 임신한 아이를 남편의 생일 선물로 정하고 정말 당일에 낳았다. 한 번 결심한 것을 끝까지 밀어붙이는 성격으로 어머니를 이길 사람은 아무도 없을 것이다.

"다음 주 금요일에는 시간 돼."

"우리는 2박이나 3박쯤 생각하는데, 너는 처음부터 끝까지 같이 있기는 힘들지?"

말끝을 올린 목소리가 한 바퀴 빙글 회전한다.

"가능해도 1박일걸."

"그래, 좋아. 그럼 금요일에 네가 온다고 아버지한테 전하마. 고맙다."

가시뿐인 대화라도 아버지가 살짝 귀띔으로 "네 엄마도 외로워서 그러는 거란다" 하고 일러 주면 너무 매몰차게 굴 수도 없었다. 친정에 가는 것이 부담스러워진 후에도 아버지만은 외동딸의 부재를 인정해 주었다. 아버지가 사유미의 휴대폰에 직접 전화를 거는 일은 없었다. 마음씨 착한 아버지는 차마 어머니를 따돌릴 수가 없는 것이다. 사유미가 어렸을 때부터 오직 어머니만은 바뀌지 않았다. 나이가 들어도 속이 훤히 보이는 표정도, 독한 표현도, 결코 너그러워지는 법이 없었다.

옷걸이에 간호복을 걸고 열쇠로 로커 문을 잠갔다. 한숨을 내쉴 때마다 아래로 향한 시선을 황급히 들어 올린다. 올여름에 어머니를 잃은 노부요시에게 우울한 얼굴을 내보이기는 싫었다. 사유미는 어머니를 비난할 수도 없다. 안타깝게도 자신의 고집불통인 성격은 어머니를 닮았다.

시립 종합병원을 그만두고 외래 진료만 보는 개인병원으로 직장을 옮긴 덕에 노부요시와 함께하는 시간은 확보한 반면 수입은 줄어들었다. 처음에는 절약을 취미로 하면 된다고 생각했지만 월급의 대부분이 생활비로 사라지는 나날이 계속되자 마음이 피폐해졌는지 이따금 견딜 수 없는 기분에 휩싸이곤 한다. 그럴 때면 노부요시의 심적인 부담이 더 크다고 자신을 타이른다. 지갑의 부담쯤이야, 하고 생각하는 것으로 덮쳐 오는 감정을 최대한 흩뜨린다.

언제까지 이런 식일까——.

아이 가지기를 주저하는 나날에 기한이 없다는 것이 걱정되었다. 사유미는 10월 4일부로 서른여섯 살이 된다. 해가 완전히 저문 밤에 한 걸음 내디뎠다. 마루야마 거리에 부는 바람에 마른 잎 냄새가 섞여 있다. 하늘을 올려다보니 어느새 여름 별자리는 온데간데없었다.

사유미가 근무하는 '마루야마 내과위장과 클리닉'은 대학병원을 퇴직한 원장이 여생을 느긋하게 보내려고 개업한 개인병원이다. 간호사는 시간제 근무로 각종 보험에 가입되어있다. 그중 사유미는 풀타임으로 근무하며 다른 두 사람에게 교대로 도움을 받는다. 모두 가정이 있는 까닭에 직장 밖에서는 따로 교류하지 않아도 되어 편하다.

직장에서 도보 3분 거리에 있는 지하철 마루야마공원 역으로 가서 도자이 선을 타고 시로이시 역에 내린다. 역에서 사유미의 걸음으로 13분쯤 걸리는 곳에 지금의 빌라가 있다. 출퇴근하기에도 편리하고 조용한 곳이지만 거실과 침실, 부엌, 욕실로 구성된 이런 소박한 집에 사는 사람들은 거의 독신자다.

어머니와의 관계가 한층 불편해진 것은 어머니가 아무 생각 없이 내뱉은 한마디 때문이었다.

"그런 걸 기둥서방이라고 하지 않니?"

사유미는 설사 남의 눈에는 그렇게 보여도, 하는 생각에 입술을 깨물었고 그 일로 어머니와 더욱 멀어졌다. 처음으로 어머니를 '남'이라는 범주에 묶어 마음속 선반에 넣어 두었다. 그날 아버지는 "말이 지나치구려" 하고 완곡하게 말했다.

해를 거듭할수록 생일이 서글퍼진다. 나이 듦에 따른 외로움이 아니라 당장 눈앞의 미래가 보이지 않는, 자신의 양어깨를 덮쳐누르는 뚜렷한 불안 때문이었다.

언제까지 이렇게, 하는 자문인지 주문인지 모를 반복에 싫증날 무렵 자신들이 사는 집이 보이기 시작한다. 두 사람의 보금자리는 2층짜리 임대 빌라의 2층 왼쪽 끝이다. 똑같은 건물이 길을 따라 죽 늘어서 있다. 전철을 타기 전보다 별이 많아졌다. 노부요시가 집에 있는 모양이다. 어깨에 맨 가방에서 휴대폰을 꺼내 언제나처럼 짧게 문자 메시지를 보냈다.

『다녀왔어』 하고 보내자 곧바로 『어서 와』 하는 답장이 돌아왔다. 노부요시는 지금쯤 식탁 위에 있는 노트북을 덮고 미리 준비해 둔 저녁을 차리고 있을까. 오늘 저녁에는 된장국일까, 콩소메(고기와 채소를 삶아 맑게 걸러 낸 수프)일까.

즐거움을 하나 발견하면 그것이 사소하든 거창하든 상관하지 않는 것이 사유미의 장점이라고 그가 말했다. 처음 만난 사유미에게 진지한 눈길로 "당신은 좋은 사람이군요"라고 말해 놓고 혼자 허둥대던 노부요시의 모습이 머리에 스친다. 남편이 말하는 '좋은 사람'이 사유미의 어떤 성품을 가리키는지 물은 적은 없다. 불쑥 말해 놓고 그런 자신의 모습에 허둥대는 남자도 아마 '좋은 사람'일 거라고 웃으며 대꾸했다.

노부요시가 차려 준 저녁은 자신의 '좋은 점'에 대한 칭찬이었다. 둘이서 먹는 저녁은, 눈앞에 있지만 너무 가까워서 잘 보이지 않게 된 생활 문제를 덮어 주었다.

현관문에 손을 대고 양쪽 입꼬리를 한껏 올렸다. 귀가 전의 의식이다. 늘 활기찬 사유미로 있기 위해 스스로에게 부여한 규칙이다.

"다녀왔어."

온 집 안에 콩소메 냄새가 가득하다.

"오늘은 뭐야?"

"물만두를 넣은 콩소메. 간을 확인할지 고민 중이야."

응——. 처음 만났을 때부터 이 목소리가 좋았다. 귀와 마음에 부드럽게 와닿는 이 목소리가 강요하지 않는 느낌의 어조와 얽히면 마냥 듣고 싶어진다.

사유미는 어렸을 때부터 하고 싶은 말을 다 하고 나면 오히려 자신이 상처를 입는 습관이 있는데 어른이 되어서도 여전하다. 그래서 생각하는 바를 되도록 마음속에 담아 두고 싶었다. 노부요시와 있으면 그것이 뜻대로 되었다. 지나치게 많은 말이 필요치 않은 생활이 주는 조용한 행복감, 이것을 어머니에게는 잘 설명할 수가 없었다.

부모에게는 부모 나름의 조건과 사정이 있다. 어머니는 교활하게 표현하는 것을 좋아하지 않는 까닭에 직선적인 것이다. 자신에게 솔직한 사람, 이란 참으로 훌륭한 표현이지 않은가. 솔직함이란 화살 하나로 사람은 얼마든지 잔인해질 수 있다.

그러나 어머니의 입에서 '기둥서방'이라는 말이 튀어나왔을 때는 미처 알지 못했다. 생각만 하고 말하지 않는 것보다는 그나마 나은 것이리라. 생각하면서도 말하지 않는 것은 상대를 가엾게 여겨서이다.

무슨 생각을 하든 입꼬리는 올라가 있다. 깊숙한 카레 접시에 물만두를 세어 가며 넣는 노부요시의 등 뒤로 돌아 들어갔다. 인덕션 앞으로 이동한 남편을 뒤에서 껴안았다. 수줍어하거나 어이없어하지도 않고 노부요시는 언제나 사유미의 행동을 긍정한다. 그리고 사유미는 이 너그러움이 세상에 단 한 명, 자신에게만 향하기를 기도하고 만다.

기둥서방이란 단어 때문에 저도 모르게 슬픈 얼굴을 할 것만 같을 때는 뒤에서 껴안는 것이 최고다. 이렇게 하면 얼굴을 보지 않아도 된다.

계곡이 흐르고 빨강과 노랑으로 물든 가을의 온천 마을은 저물어 가는 저녁 하늘과 잘 어울렸다. 어머니가 고른 숙소는 한적한 곳에 위치해 있었다. 음식과 대욕장에 온갖 사치를 다한 유럽풍의 온천 여관으로 18세 이하는 이용할 수 없다고 한다. 사유미가 프런트에 가서 도착했음을 알리자 곧 아버지와 어머니가 로비로 왔다. 오늘 하루만 셋이서 묵을 수 있는 다다미방을 마련했다고 자랑스럽게 말하는 어머니 옆에서 아버지가 변함없이 미소를 짓고 있다. 나이와 가시를 늘려만 가는 어머니와 달리 아버지의 주름살은 갈수록 인자하게 늘어진다. 고집스러운 부분은 거의 보이지 않는다. 해를 더할수록 어머니보다 아버지의 태도에 '난감하네' 하고 생각한다. 이 포용력 앞에서는 사유미도 고분고분하지 않을 수가 없다.

"방에 짐 놓고 목욕하러 가자꾸나. 평판이 좋은 여관이라 그런지 정말 근사하구나. 일회용품은 전부 록시땅이라고 하니 빈손으로 가도 괜찮아. 피부 마사지 예약해 놨으니 오늘만은 마음껏 사치 부려도 된단다."

또 시작인가 싶어 짜증이 나려는 찰나 아버지가 끼어들었다.

"오늘만, 이라니 실례잖아요, 하루카 씨."

"그래요?"

"네, 실례랍니다."

엘리베이터 문이 열리기를 기다리면서, 아버지의 말을 이해한 기색도 없이 입을 꾹 다문 어머니를 봤다. 어머니 건너편에 아버지가 있다. 감정이 있는 듯 없는 듯 너그럽지만 늘 어딘지 모르게 종잡을 수 없는 분위기가 풍기는 사람이다. 여관 내에 감도는 허브 향이 너무 진하지도 너무 달콤하지도 않아 아버지와 잘 어울렸다. 작년보다 흰머리가 조금 늘었지만 얼굴빛은 좋아 보인다. 아버지와 같은 날에 태어났다는 것이 사유미가 남몰래 간직한 자랑거리였다.

계곡 쪽에 면한 방은 다다미방이 딸려 있는 세미 스위트룸이었다. 사치라는 말에 걸맞는 넓고 조용한 방이다. 노부요시와 둘이서 묵을 수 있다면, 하고 떠오른 생각을 황급히 떨쳤다.

아버지는 어머니를 따돌리기 싫다는 이유로 딸에게 전화를 거의 하지 않는다. 실은 아버지도 어머니만큼 요령이 없는 성격이 아닐까 하고 생각하고는 당황스러웠다.

"사유미, 목욕하러 가자."

어머니의 목소리가 한 옥타브 높아졌다. 응, 하고 고개를 끄덕인 뒤 가방에서 세면도구가 들어 있는 파우치를 꺼냈다.

"평소에 쓰는 건 필요 없단다. 마사지도 받을 거니까 속옷만 챙기렴."

고분고분한 목소리를 내도록 유념하면서 "네" 하고 대답했다.

사생활 보호를 의식해서 만들어진 탈의실은 각 로커마다 칸막이가 세워져 있어 널찍한 부스가 하나씩 마련되어 있는 것 같았다. 그 덕분에 로커 번호는 바로 옆이지만 어머니 옆에서 속옷을 벗지 않아도 되었다. 같이 있는 만큼 불편함만 더해져 이제는 말을 골라 가며 하는 것조차 귀찮아졌다.

꽃향기가 풍기는 넓은 서양식 목욕탕으로 갔다. 기포 마사지를 할 수 있는 자쿠지 탕과 강한 물살을 뿜어내는 제트 스파, 그리고 저온 탕과 아로마 탕. 탕에는 먼저 온 손님이 한두 명 있고 좌식 샤워 부스도 절반은 비어 있었다. 탕 쪽 끝에 있는 부스를 발견한 어머니가 재빨리 목욕 용품을 올려놓았다. 자리를 맡아 두지 말라는 주의문은 어디에도 붙어 있지 않지만, 먼저 와서 조용히 목욕을 즐기고 있는 손님들이 눈총을 주지는 않을까.

오십 대 후반이 된 어머니를 목욕탕에서 보는 것도 잔혹한 일이었다. 등 피부가 처지기 시작해 허리에서 엉덩이로 이어지는 선에 군살이 겹겹이 붙어 있다.

어머니가 보는 사유미의 알몸은 그리운 젊음과 우월감에 휩싸여 있으리라. 스물한 살이라는 나이 차는 젊은 나이에 아이를 낳고 이제는 갱년기가 찾아온 어머니를 공연히 상처 주고 있는 기분이 든다. 서로 무의식을 가장할 수 있기에 잔혹한 나이 차였다.

사유미는 샤워 부스를 피해 정성껏 물을 끼얹은 다음 자쿠지 탕에 들어갔다. 잠시 후 어머니도 기포가 보글보글 올라오는 자쿠지 탕에 몸을 담갔다.

"왜 앉아서 씻을 자리를 맡지도 않고 들어오는 거니?"

빈자리를 쓰면 된다고 말해도 의아해하는 표정을 짓는다.
시선 끝에 어머니가 수건을 놔둔 부스가 있었다. 고급스러운
꽃향기가 감도는 가운데 어머니의 행동은 동네 목욕탕에서
하는 것과 다름없었다.

자쿠지 탕에 먼저 들어와 있던 손님이 일어섰다. 다리가
긴 여자였다. 탕에서 나가는 뒷모습을 쳐다보지 않도록 조심
했다. 문득 이곳에 있는 여자들이 지닌 '품격의 높고 낮음'에
어떤 선 긋기가 있는지 생각했다. 목욕탕 안을 발레리나처럼
걷는 여자들은 모두 표정이 고상하고 앞몸을 수건으로 가려
야 할 상대도, 이유도 없는 듯 보였다. 어머니가 구김살 없는
얼굴로 물었다.

"생일 축하는 어느 가게에서 했니?"

"직장 근처" 하고 거짓말을 했다. 집에서 징기스칸(양고기
를 구워 먹는 홋카이도의 대표 음식), 그날만큼은 발포주가
아닌 맥주, 편의점에서 맛있다고 소문난 크레이프 케이프를
먹었다고 사실대로 늘어놓으면 큰일 날 것이다. 어머니와 함
께 있으면 쿡쿡 찌르는 듯한 조심성 없는 발언을 피하는 것
만으로 진이 빠진다.

"너 오늘 여기 오는 거, 네 남편은 뭐라 하던?"

"별말 안 하던데. 알겠다고만." 또 거짓말을 했다.

"잘 부탁한다든가, 미안하다든가. 그 사람은 그런 말을 통

안 하더라."

무심결에 어머니를 쳐다봤다. 이마 가장자리에 굵은 흰머리가 자라고 있다. 어머니는 자신이 심술궂은 말을 했다고는 생각지 않는 눈치였다.

"물론 말했지. 당연하잖아." 거짓말을 거듭했다.

지금쯤 노부요시는 집에서 각본 집필의 막바지에 접어들었을 것이다. 사유미는 하룻밤 정도는 자신이 집에 없는 편이 낫다고 설득하듯 말한 뒤 오늘 밤은 새로 시작한 야간 당직 아르바이트를 한다고 거짓말했다.

"사돈댁은 좀 어떠시니?"

작년에 같은 질문을 받았을 때는 병원에 다닌다고 짧게 대답했었다. 만나게 할 기회가 없었던 것을 후회해도 소용없다. 올여름에 노부요시가 홀로 장례식을 치렀다는 사실을 어떻게 전해야 할까. 하마터면 기포에 몸이 떠오를 뻔했다. 사유미는 조심스럽게 "돌아가셨어" 하고 말했다. 월풀 소리가 한결 크게 느껴진다.

"음? 어떻다고?"

가차 없이 되묻기에 다시 같은 대답을 반복했다. 어머니는 얼른 이해가 안 되는지 자쿠지 탕 속 턱에 걸터앉았다.

"돌아가시다니, 설마 죽었다는 거니?"

목욕탕에 별안간 목소리가 울려 퍼졌다. 옆 탕에서 일어서던 손님이 이쪽을 봤다. 사유미는 그 시선을 알아차리지 못하는 척을 하며 상체를 더 낮춰 기포에 몸을 숨겼다. 도대체 언제 그랬냐는 물음에 8월이라고 대답했다. 벌써 2개월이 되어 가고 있다.

"그게 무슨 소리야? 너희 도대체 어떻게 살길래 그런 도리에 어긋난 짓을 할 수가 있니? 말이 된다고 생각해? 어쩜 향하나 못 피우게 하고, 부모 얼굴에 먹칠을 해도 유분수지!"

어머니는 말을 할수록 분노가 꾸역꾸역 치밀어 오르는 듯했다. 결국 시어머니의 죽음을 알리지 않은 것을 탓하는 것이 아니었다.

지금 여기서 전할 말은 아니었다. 사유미는 자신의 경솔함에 화가 났다.

자쿠지 탕에서는 등허리에서, 발밑에서 끊임없이 새 거품이 생겼다 터지고 있다.

"가만히 있지 말고 설명 좀 해 봐."

어머니의 눈이 치켜 올라갔다. 가급적 보지 않으려 애쓰며 말을 쥐어 짜냈다. 변명을, 변명이 되지 않도록 말하는 것은 어려웠다.

"8월 들어서 바로 연락이 왔어. 구급차에 실려 가셨는데 금방 그렇게 되셨나 봐. 매주 병원에 다니시긴 했는데 정형외과만 가시고 내과에는 안 가셨어. 돌아가신 것도, 장례식을 그럴듯하게 치르지 않은 것도 아무에게도 말하지 않았어."

"그래도 그렇지, 자기 딸이 시어머니 뼈를 주울 때(일본은 시신을 화장한 뒤 뼈를 젓가락으로 주워 유골함에 옮기는 장례 문화가 있다.) 그 자리에 없는 부모가 세상천지에 어디 있다니?"

탕 속에 오래 있지도 않았는데 점점 숨 쉬기가 버거워졌다. 탕 입구에 있는 손잡이를 붙잡고 턱진 곳에 상체를 일으켜 앉았다. 어머니에게 혼나고 있자니 자신이 한 일이 틀렸던 걸까 하고 그날의 결심이 흔들리려 한다.

"뼈는 나도 줍지 않았어. 그런데 서로 의논해서 결정한 거야."

"서로라니 누구?"

"노부요시 씨랑 나. 돌아가신 시어머니도 나한테 그리 많은 걸 바라진 않으셨어. 그이는 자식, 며느리 고생시키지 않고 돌아가셨으니 마지막 가시는 길도 수고롭지 않게 보내 드리고 싶었대. 그래서 누가 묻지 않는 한 돌아가셨다는 말을 하지 않은 거야."

사유미 자신도 어쩌면 자신의 어머니가 돌아가셨을 때 노부요시가 뼈를 함께 줍지 않길 바라는 걸지도 모른다. 사람의 죽음으로 인해 모난 마음을 둥글게 다듬는 것도 살아 있는 쪽의 선택이지 않은가.

"어휴, 모처럼 온 가족 여행인데, 기분이 엉망이 되었잖니."

어머니는 거품 속에서 벌떡 일어나 주위 시선에도 아랑곳하지 않고 좌식 샤워 부스에 들어갔다.

자쿠지 탕에 홀로 남겨진 사유미는 머리 위에 얹어 두었던 수건을 욕조 가장자리에 깔고 앉았다. 은색 손잡이에 몸을 기대었다.

어머니가 샤워 부스에서 가장 먼저 한 행동은 공용 물통과 의자를 구석구석 닦는 것이었다. 챙겨 온 수건 두 장 중 한 장에 비치된 보디 샴푸를 짜서 의자를 박박 닦기 시작했다. 어깨와 등의 움직임으로 보아 의자를 닦는 데 온 정신이 쏠려 있음을 알 수 있었다.

아아, 또 시작이네——.

어머니는 다음 상황과 상대의 반응을 예측하는 데는 영 서툰 사람이다. 그러면서 외동딸의 몸 상태 변화에는 민감하여 상태가 나빠지면 본인보다 먼저 이런저런 가능성을 생각한다. 어렸을 때 어머니 손에 이끌려 친절한 여의사가 있는 병원에 자주 갔다. 그 여의사는 사유미의 가족을 전담하여 진료와 상담을 하는 가정의였다.

여의사가 "언제부터 배가 아팠어요?" 하고 물으면 어머니가 "어젯밤부터 얼굴빛이 좀 안 좋더라고요" 하고 대답했다. "복통 외에 구역질이나 설사는 안 하고요?" 하는 질문에도 어머니가 "어제 아침부터 식욕이 뚝 떨어지더니 저녁도 잘 안 먹지 뭐예요? 오늘은 반차(따고 남은 딱딱한 잎으로 만든 품질이 떨어지는 엽차)도 넘기기 힘든가 봐요" 하고 대번에 대답했다.

초등학교 때는 그것이 당연한 줄 알았다.

그러나 가정의는 사유미가 중학교에 입학했을 무렵부터는 어머니를 진찰실에 들이지 않았다. 그제야 비로소 자신들 모녀가 남의 눈에 어떻게 비치는지 알게 되었다. 친절한 여의사는 평소보다 더 온화한 눈빛으로 말했다.

——뭐든지 엄마가 대신 설명하는 건 졸업하자. 널 유치원 때부터 쭉 봐 왔는데, 오늘까지 고민해 본 결과 이제는 본인과 말하는 게 좋을 것 같았단다.

그날 본 흰 가운과 가슴에 쿵, 하고 와 박힌 깨달음. 어머니는 어머니, 나는 나라는 당연한 사실을 그제야 깨달았고 도움이 필요한 사람들을 보살피는 길을 걷기로 결심했다.

사유미가 간호사가 되겠다고 말했을 때 아버지와 어머니 모두 무척 기뻐했다. 어머니의 첫마디는 "내가 자식을 잘못 키우진 않았구나"였다. 그 무렵에는 사유미도 "역시 변한 게 없네" 하고 피식 웃을 수 있을 만큼 마음이 편해졌다. 어머니가 지긋지긋하게 느껴져 반드시 어른이 되어야겠다고 다짐할 수 있었던 것은 그때의 여의사 덕분이었다.

사유미는 이곳에 와서 마음이 흐트러졌다. 노부요시에게 야간 당직이라고 거짓말을 하고, 아버지와 어머니에게도 오늘 여행에 대해 말하고 왔다고 거짓말을 했다. 도대체 누구를 위한 거짓말일까 곰곰이 생각해 보지만 명쾌한 답은 나오지 않는다. 자신을 위해서라고 판단할 만한 근거도 충분하지 않았다.

어머니가 물통과 의자를 다 닦았다. 방금 사용한 수건을 미친 듯이 빨더니 물기를 꼭 짜서 거울 앞에 놓는다. 물통에 뜨거운 물을 받고 새 수건에 거품을 풍성하게 낸 뒤 오른쪽 목덜미부터 꼼꼼히 문지른다. 모든 동작이 사유미가 어렸을 때와 똑같았다.

사유미는 멀찌감치 앉아 서둘러 몸을 씻고 머리를 감았다. 어머니가 사용하고 난 뒤의 물통과 의자를 사용하기 전만큼 구석구석 닦지 않는다는 것도 알고 있다. 목욕탕에서 나갈 때는 의외로 뒤도 안 보고 성큼성큼 나간다는 것에도 최근에는 반감조차 느껴지지 않는다.

좌식 샤워 부스를 나와 디지털 온도계에 38도 표시가 된 탕에 혼자 몸을 담갔다. 먼저 온 손님은 인원이 반으로 줄어 있었다. 아까 어머니와 나눈 대화를 탕에 녹이고 나가야겠다고 생각하는데 뒤에서 어머니 목소리가 울렸다.

"10분 뒤에 피부 마사지 예약해 놨으니 얼른 끝내렴."

욕조가 통째로 흔들린 듯한 기분이 들어 황급히 가장자리에 손을 뻗었다.

그날 저녁 식사는 식당 룸에서 홋카이도산 식재료로 만든 코스 요리를 먹었다. 와인도 레드, 화이트 모두 홋카이도 미카사 와이너리에서 생산된 것이었다. 마음이 불편하다는 것을 아버지가 알아차리게 해서는 안 된다. 사유미는 한껏 웃는 얼굴로 테이블 맞은편에 있는 아버지와 어머니에게 와인을 따라 드렸다.

피부 마사지를 받고 난 어머니는 자쿠지 탕에서는 마치 아무 일도 없었다는 듯이 신이 나 있었다. 딸이 따라 준 와인을 맛있게 마시며 집에서 아버지가 어떤 모습인지 즐겁게 이야기했다. 웃음이 피어나는 이야기는 대부분 집에서 있었던 일이다.

어머니가 감기로 앓아누운 날 식사 당번을 맡겼더니 간을 한 음식이 하나도 없었던 것, 달걀 삶는 시간을 착각해서 달걀이 먹기 힘들 정도로 퍽퍽해진 것. 즐겁게 이야기하는 어머니 옆에서 아버지는 항상 웃고 있다. 어머니는 벌써 노부요시의 어머니가 돌아가셨다는 사실을 잊었을지도 모른다.

"그때는 다 맛있다고 하더니만. 지나간 일은 다 잊는 게 네 엄마의 장점이기도 하지."

일찍 자고 일찍 일어나는 것이 건강의 비결이라고 확신하는 어머니에게 저녁 8시는 잠자리에 들 준비를 하는 시각이다. 야근을 이유로 혼자 나가서 살기 시작했을 무렵이 떠올랐다. 월세방을 구하겠다고 한 사유미 앞에서 어머니는 놀랄 만큼 흐트러진 모습을 보였다.

"우리를 버리고 가겠다는 거니?" 하고 묻는 어머니에게 아무 말도 할 수 없었다.

아버지가 손에 들고 있던 잔을 내려놓았다.

"너희 부부는 별일 없느냐? 노부요시 군은 잘 있고?"

"응. 아무 일 없어."

"올해는 노부요시 군도 부르고 싶었는데 안타깝구나. 지방에서 일이 잡혔으면 어쩔 수 없지."

하마터면 어머니를 쳐다볼 뻔하여 황급히 고개를 되돌렸다. 아버지가 노부요시도 부르자고 했을 때 어머니가 어떤 표정을 지었을지 절로 상상이 된다.

"죄송해요."

"내년까지 기다릴 것 없이 올해 안에 자리를 한번 만들어 보면 어떻겠느냐? 서로 조심하기만 하는 것도 좋지 않지. 이 나이가 되고 보니 인생에는 고비라는 것이 필요하더구나. 일흔은 의외로 젊었다는 것이 솔직한 소감이지만 말이다."

생각해 봐 달라는 아버지에게 "고마워" 하고 짧게 대답했다. 가급적 어머니를 쳐다보지 않으려 애쓰는 것이 고작이었다. 돌체(이탈리아식 디저트를 이르는 말. 과일, 젤라또, 셔벗, 푸딩, 초콜릿, 타르트, 티라미수 등이 있다.)가 담긴 서빙 카트가 등장하며 코스의 끝을 알린다.

비옥한 땅에서 난 식재료는 조리 과정을 최소한으로 줄이는 것도 하나의 요리가 되는 모양이다. 그래도 사유미는 노부요시가 만드는 국적 불명의 저녁밥이 좋았고, 그가 직접 조리하면 유부 하나만으로도 기뻤다.

부모님의 모습을 보고 있으니 노부요시와의 시간이 잠시 어두워졌다. 자신도 이런 시간에 도달할 수 있을까 하는 불안이 가슴속에서 살갗으로 뻗어 나오려 한다.

"자, 이제 방으로 가자꾸나."

어머니가 연회의 끝을 고했다. 사유미는 이대로 셋이서 방으로 가기가 숨 막혀 온천에 들렀다 가겠다고 했다.

"피부 마사지 받고 술을 마셔서 혈액순환도 좋아졌으니 미지근한 탕에 잠깐 들어갔다 올게."

엘리베이터 밖에서 부모님에게 손을 흔들었다. 문이 닫히자마자 어쩐지 쓸쓸해졌다. 하나의 거짓말이 하나 더, 그리고 또 하나의 거짓말을 데려온다. 머리로는 알고 있던 것도 막상 그 항아리 속에 깊이 들어가면 빠져나오는 방법을 모르겠다.

온천탕으로 향하던 발길이 로비를 지나가다 멈췄다. 조도를 낮춘 라운지가 있었다. 조용하고 어두운 숲에 느닷없이 나타난 오두막 같았다. 벽 선반에는 책이 죽 꽂혀 있고, 등받이 높은 소파와 넉넉한 1인용 의자가 방향을 조금씩 틀어 서양식의 커다란 이로리(마룻바닥을 사각형으로 파내어 난방과 취사용으로 불을 피우는 화덕)를 둘러싸듯 배치되어 있다. 추운 계절이 돌아와 불기를 머금으면 고성(古城)의 응접실 분위기가 나리라.

한 단 높은 곳에 카펫이 깔려 있었다. 신발을 벗고 올라가는 곳인 듯하다. 건물에 들어오면 바로 보이는 곳인데 처음 왔을 때는 알아차리지 못했다.

있을 곳이 없어진 사람이 들르는 곳처럼 보였다. 이토록 사치스럽고 슬픈 장소가 또 있을까. 사유미는 구석에 놓인 1인용 의자에 앉았다. 언젠가 들렀던 아사히카와 가구 센터의 쇼룸에서 본 적이 있다. 수많은 의자 중에서도 특히 곡선이 아름다워 눈길을 빼앗긴 작품이었다.

사치스러운 공간이다. 삶의 냄새가 나지 않을 뿐 아니라 물소리도, 차 브레이크 소리도, 이웃의 고함 소리도 들리지 않는다. 어깨 힘을 빼는 데에도 힘이 들 줄은 몰랐다. 한숨을 쉬지 않도록 신경 썼던 목 안쪽에서 작은 돌이 하나 위장으로 또르르 떨어진다. 의자는 사유미의 허리를 탄탄히 받쳐

주어 쓸데없이 푹 가라앉지 않았다.

휴대폰을 가지고 왔어도 지난 문자 메시지를 다시 읽을 뿐 노부요시에게 연락할 수 있는 시간이 아니다. 당직 아르바이트를 하는 것으로 되어 있기 때문에 이 시간에 문자를 보내면 오히려 이상하다. 무슨 일이 있어도 둘 사이의 평온을 유지하고 싶었다. 그것이 진정으로 의미 있는 것인지 생각해 봤다.

양쪽 관자놀이에 손바닥을 대고 누군가에게 오늘 한 거짓말에 대해 용서를 구하고 싶었다. 사과하면 용서받을 수 있으리라는 심보부터가 교활하다.

사유미——.

머리 위에서 온화한 목소리가 들려왔다. 고개를 들자 아버지가 있었다.

"누가 벌써 앉았을 줄은 몰랐구나."

아버지는 어젯밤 자신이 앉았던 자리에 딸이 앉아 있다는 사실에 놀라면서 쑥스러워했다.

"매력적인 의자들로 가득한 와중에 이 의자에만 묘하게 눈길이 가더구나. 어제 여기 앉아서 멍하니 있다가 이 자리가 가장 인기 있겠다는 생각이 들었는데 정말이었어."

"눈에 안 띄는 자리구나 싶어서 앉은 건데."

"눈에 띄지 않기를 바랄 수도 있지. 하지만 은근히 눈에 띄고 싶어 하는 의자만 있는 가운데, 이건 정말 자기주장이 없는 장소에 놓여 있으니 오히려 눈길을 끌었지."

밤새도록 켜 놓는 상야등 몇 개가 바닥에 고리를 만들고 각각의 의자는 서로 방해하지 않도록 배치되어 있다. 그 안에서 아버지가 고른 의자와 자신이 앉은 의자가 일치했다는 데서 또 뭔가 의미를 찾을 뻔했다.

"아까 온천탕에 가려다가 여기를 발견했어."

"그랬구나."

잠시 후 아버지가 책장 앞에 있는 이동 가능한 스툴을 가져와 앉았다. 한층 낮춘 목소리가 아슬아슬하게 들릴 만한 거리였다.

"사돈댁이 돌아가셨다는 이야기를 듣고 놀랐다. 결국 한 번도 인사를 하지 못했구나."

"죄송해요."

"노부요시 군이 그렇게 하고 싶다고 했다면 고인의 의향도 있었을 거다. 너 설마 그 일로 계속 고민한 게냐?"

뭐라 대꾸할 말이 없었다. 아버지의 목소리는 머리 위에서 곧게 내리는 여름의 안개비를 닮아 매우 부드러웠다.

"네 엄마 말로는 도리에 어긋난다지만, 그건 그 사람의 가치관이니 가정을 꾸린 딸과 사고방식이 달라도 어쩔 수 없는 것이라 생각한다. 상식과 감수성 사이에서 고민하는 것도 어른으로 살아가는 데 있어 중요한 일이지 않느냐. 그러니 네 엄마 말 때문에 너무 괴로워할 필요는 없단다."

"그래도 돌아가신 걸 굳이 오늘 말할 필요는 없었던 것 같아."

아버지는 잠시 뜸을 들이고 "시기라는 게 있지" 하고 중얼거렸다.

"머지않아 알게 될 거다. 오늘 말하길 잘했다고 생각하는 것이 최고란다."

"아버지처럼 달관하지를 못하겠어."

달관한 게 아니다──. 아버지는 그 부분만 설득하는 말투가 되었다.

"괴로워할 시간이 있으면 차라리 네가 더 기뻐하는 방향으로 머리를 쓰라는 말이다. 그런 점에서는 네 엄마에게 본받을 점이 많은 것 같구나. 그 사람은 화내는 것치고는 왠지 지금을 즐기는 것처럼 보이기도 하지 않느냐."

자기주장과 자기과시라는 누에고치 실로 겹겹이 휘감긴 어머니를 상상한다. 사유미는 고개를 가볍게 내저었다.

"나는 엄마처럼 강하지 않잖아. 내 의견을 그렇게 똑 부러지게 말하지 못하겠어. 비꼬는 것처럼 들렸다면 죄송해요."

"네 엄마가 언제 자기 의견을 말했더냐?"

아버지가 진심으로 하는 말인지 확인하고 싶어서 가만히

표정을 살폈다.

"워낙 솔직한 사람이라 생각한 것을 곧바로 말로 내뱉을지는 몰라도 의견을 말하지는 않는 것 같구나. 그만큼 어색한 분위기도 금방 풀려서 의외로 같이 있으면 편안한 사람이란다. 나 혼자만 이렇게 생각하는 걸지도 모르겠다만."

"아버지는 착하잖아."

아버지가 어머니를 두둔하고 나서자 사유미는 순간 의기소침해졌다. 거의 내뱉듯이 나온 말에 조그맣게 사과했다.

"네 엄마는 겉과 속이 똑같은 사람이다. 그래서 더 남들이 좋게 봐 주지 않지. 한데 나는 그 성품이 부러울 때도 있단다."

아버지는 숨을 한 번 내쉰 뒤 "겉꾸밀 필요가 없지 않느냐" 하고 말끝을 올렸다.

"그 사람 곁에 있으면 마음이 편하단다. 다소 독하게 말할 때도 있지만 다른 속셈이라고는 전혀 없지 않느냐. 남의 의중을 떠보지 않으니 나처럼 소심한 사람과는 의외로 잘 맞는 것 같다고 생각하며 살고 있지."

사유미가 부모님 안에 숨겨진 많은 것들을 상상하기에는 아직 경험이 부족했다. 적어도 아버지는 어머니와의 관계에서 뭔가를 고민하거나 숨기지는 않는다. 그런 점이 두 사람의 오랜 세월에 도움이 되었다면 노부요시와 자신은 앞으로 어떻게 될까. 쌓여만 가는 불안과 불만, 혹은 어머니에 대한 질투 때문인지 입술 사이로 시커먼 말 한마디가 새어 나왔다.

"내가 엄마를 싫어하나 봐."

입 밖에 내자 눈물이 굴러떨어졌다. 이런 말을 할 때가 아님을 알면서도 노부요시에게 거짓말을 해야만 하는 쓸쓸함이 아버지에게 어리광을 부리게 한다. 어둑한 라운지에서 아버지의 얼굴이 뿌옇게 흐려진다. 외동딸 입에서 '엄마가 싫다'는 말이 나왔음에도 불구하고 아버지는 여전히 온화한 기운을 내뿜었다. 그 몸에 무엇을 품어 왔을까. 아버지의 신경이 곤두선 것을 본 적이 없다. 안개비처럼 포근하게 내리는 말에 사유미는 소리 내지 않고 울었다.

"여자는 그래도 된단다. 엄마를 많이 사랑하는 것은 딸로서 바람직한 일이지. 한데 여자로서 한 걸음 내딛기 위해서는 때로는 객관적인 시선도 필요한 법이다. 네 엄마는 사유미 네 몫까지 이 아비가 사랑하면 된다. 그 사람이 만약 딸의 말이 아닌 다른 일로 상처를 입으면 그때는 내가 온힘을 다해 지키면 된단다."

아버지는 "그만큼 너는 노부요시 군을 사랑하여라"라고 말했다.

사람의 마음은 모든 이를 좋아할 만큼 야무지지 못하다고도 했다.

"그런가."

죄송하다고 하려던 사유미의 말을 가로막고 아버지가 한마디 말을 내려 보냈다.

"그런 거란다."

3

영화 팬

묵은눈의 예감을 지닌 눈이 내린다. 노부요시는 '북의 영화관' 운영위원회 12월 정례회에 참석하기 위해 눈 내리는 거리를 걸었다.

늘 지갑이 허전한 탓인지 네온사인이 번쩍이는 거리와 역 앞의 화려한 불빛에는 선뜻 눈길이 가지 않는다. 사유미가 시키는 대로 거리에서 나눠 주는 휴대폰 회사나 유흥업소의 홍보용 티슈를 전부 챙겼더니 괜히 더 가슴이 시리다.

정례회는 오도리 공원 근처에 있는 호텔의 '북의 영화관' 전시실에서 열린다. 관청가 직장인들이 쏟아져 나와 퇴근하는 가운데 노부요시는 그 흐름을 거슬러 걸었다.

정례회는 20분 늦게 시작되었다. 페트병 차 음료를 한 손에 든 신 짱이 '북의 영화관'을 찾아온 사람의 인원수와 연령, 성별, 시간대와 요일별 동향을 발표했다. 개봉된 영화 중 홋카이도에서 촬영한 모든 영화를 파악하고 있는 그가 능청스러운 말투로 수치를 읽는다. 신 짱이 고개를 살짝 숙이자 허전한 정수리가 드러났다.

"11월은 옆 홀에서 엔카 가수의 콘서트가 자주 열린 덕분에 우리 영화관 관객도 제법 많았습니다. 다음 달에는 신년 음악회로 오케스트라 공연이 있으니 어느 정도는 기대해 볼 수 있을 것 같은데, 예전에 야시로 아키(1971년에 데뷔한 거물급 엔카 가수)가 콘서트했을 때의 관객 수를 아직도 못 넘고 있네요."

아아, 하고 노부요시도 고개를 끄덕였다. 회의장을 둘러보니 모두 그 당시 끊임없이 밀려들었던 관객을 그리워하는 눈치였다.

"그리고 기쁜 소식이 하나 있는데요."

신 짱이 약간 거드름을 피우며 파일에서 서류 한 장을 꺼냈다. 태어나서 반세기를 영화에 쏟아부은 그의 기쁨은 언제나 영화에 관련된 것이었다. 서양 핑크 영화(남녀의 성애 장면을 주로 다룬 영화로 에로 영화라고도 한다.)의 여배우 이름 백 개 정도는 연속해서 말할 수 있는 것이 그의 자랑이다. 노부요시는 제 손으로 영사기를 돌린 포르노 영화의 여배우를 포함해도 기껏해야 스무 명, 많아야 서른 명 정도다.

신 짱은 영화 지식뿐만 아니라 수집품으로도 '북의 영화관'을 지탱하고 있다. 그가 기증한 영화 포스터는 어렸을 때부터 시내 목욕탕을 돌며 모은 것과 월급을 쏟아부어 사 모은 것이다. 신 짱의 눈이 처졌다.

"신년 로맨스 영화 축제에는 평론가 구와모토 씨가 극찬한 여배우, 고다 모모코 씨가 게스트로 오십니다!"

사람들이 잠시 술렁였다.

"고다 모모코가 무슨 영화에 나왔었죠?" 위원회에서 가장 젊은 유미가 말했다.

홍일점인 그녀는 삿포로의 사립대학에 다니는 영화 팬인데, 핑크 영화에 관해서는 문외한이다. 다른 사람들은 그녀의 시선을 미묘하게 피하고 있다. 신 짱이 기쁜 얼굴로 "내 강력 추천은 《좋아 좋아 후작》이에요" 하고 대답했다.

"제가 지식이 부족해서 죄송해요. 어떤 성향의 여배우인가요?"

"그게, 고다 모모코의 연기 중 가장 훌륭한 건 섹스 신이거든요. 턱에서 목을 타고 내려오는 선은 말할 것도 없고 쇄골과 등뼈가 진짜 아무도 흉내 낼 수 없는 그녀만의 관능적인 매력으로 가득하답니다."

"그런가요" 하고 말끝을 올리다 마는 것이 어딘가 불안해 보인다. 베드신이나 러브신도 아니고 '섹스 신'이라는 말이 나와 민망해하는 사람들도 있지만 신 짱은 상관하지 않았다. 영화와 자고 영화와 살아온 남자로서 그것은 양보할 수 없는 영역이기 때문이다.

　낮에는 커튼 등을 취급하는 직물 전문점에서 일하는 신 짱은 영화에 천 제품이 나오면 대번에 제조사와 팔린 연대를 알아맞힌다. 의상에는 신경을 많이 쓰지만 커튼까지 꼼꼼히 확인해서 촬영하는 영화는 찾아보기 힘들다고 한다. 언젠가 신 짱이 불같이 화냈던 영화가 있었던 것이 떠올랐다. 당시 유행하던 야쿠자 영화였던 것 같다.

　"도쿄 야경을 한눈에 볼 수 있는 호텔에 말도 안 되는 커튼이 달려 있지 뭐야. 천을 늘어뜨려 놓기만 하면 되는 줄 아나. 왜 그걸 대충대충하는지 모르겠네."

　영화에는 제작 예산과 사정이라는 것이 있다. 하루에 서너 번, 길 때는 한 달 동안 똑같은 영화만 보는 노부요시도 담담히 필름을 영사기에 연결해 돌리는 작업을 하면서 영상의 흠이랄지 혹은 거짓을 무의식중에 마음에 담아 둔 적이 있었다. 그러나 그것이 좋지도 나쁘지도 않다고 생각하는 까닭은 필름이나 영사기와 씨름할 때의 자신은 틀림없이 '일'을 하고 있기 때문이다. 그저 '좋다'는 이유만으로는 하기 힘든 일을 하고 있다는 자부심도 있었다. 그것도 과거의 일이라는 현실이 노부요시의 마음을 약하게 만든다. 말단이든 정상이든 '영화로 먹고살고 있다'고 말할 수 없는 것이 지금 가장 감추고 싶은 흠이었다. 솔직히 할리우드 3D 영화 《아바타》가 개봉

하기 전에는 영사기사 일이 이렇게까지 줄어들 줄은 몰랐다. 그 한 편의 영화로 도대체 얼마나 많은 영사기사가 폐업했을까.

"아, 노부요시가 더 잘 알 텐데."

갑자기 이름이 불려 당황하고 있자 신 짱이 안경 속에서 상냥한 미소를 던져 왔다.

"고다 모모코라면 나보다 노부요시가 더 전문이지 않아?"

"아니, 전문이라니. 무슨 이야기 중인데요?" 예상치 못한 질문에 혀가 꼬였다.

"코브라 극장에서 필름 돌렸을 시절에는 고다 모모코가 포르노의 간판스타였잖아. 지금이야 문학을 원작으로 하는 영화에 조연으로 자주 나오지만, 원래는 일본 포르노계의 보물 같은 존재였거든. 노부요시가 고다 모모코의 포스터라면 무조건 챙겨서 가져갔던 거, 알아."

만면에 웃음을 띤 신 짱에게 웃는 얼굴로 답하기가 어려웠다. 노부요시는 애매하게 고개를 끄덕이며 그 이야기를 피했다. 노부요시가 피한 것을 눈치채지 못했는지 신 짱은 고다 모모코의 이야기를 이어 나갔다.

《먹튀》, 《섹스 머신》, 《가랑이 협곡 정화》, 《쩍벌 최전선》 등 끝없이 계속될 것 같은 고다 모모코에 대한 지식 자랑에 돌을 던진 사람은 이 지역 신문사에 다니는 나카소네였다.

"로맨스 영화 축제의 특별 게스트가 고다 모모코 씨라니, 홍보할 때도 그 점에 주력해서 관객을 모으도록 하죠. 소속 사에 취재 요청을 해 놓겠습니다. 이벤트 게스트로 고다 모모코 씨가 온다는 기사가 가급적 크게 나도록 힘써야겠군요."

전단지 제작은 출판사에 근무하는 와다 씨가 맡기로 했다. 와다 씨는 평소에는 온후한 신사이지만, 언젠가 술자리에서 투고된 원고에 대해 혹평하는 것을 들은 뒤부터는 도저히 자신이 평론에 손대고 있다고는 말하지 못하고 있다. 노부요시는 상영회의 영사기 돌리기와 조명 담당이다. 신 짱이 영화사에서 상영 허가를 받은 영화는 한 편으로, 고다 모모코가 조연으로 활동한 뒤 찍은 작품이었다.

정례회를 마치고 밖으로 나갔다. 눈이 아직도 내리고 있어 기온이 더 내려갔다. 똑바로 내리는 가루눈은 녹지 않고 쌓인다. 지하철 오도리 역을 향해 걸음을 서두르는 노부요시를 뒤에서 신 짱이 불러 세웠다.

"잠깐만! 이벤트 날 밤에 뒤풀이 할 거니까 이번에는 노부요시도 참석해."

"언제는 참석 안 한 것처럼 말하시네요."

"세 번에 한 번은 불참하고, 참석해도 그냥 얼굴만 내밀고 가잖아."

신 쌍은 "꼭 참석해" 하고 당부하더니 신호가 파란불로 바뀐 횡단보도를 향해 냅다 달렸다. 흰 알갱이가, 거리를 비추는 네온사인과 간판 불빛을 받으며 밤에 떠오른다. 번화가 쪽으로 사라지는 사람들이 손님을 기다리는 택시 보닛 위에서 녹는 눈처럼 보인다. 술집에서 한잔 걸치고 갈 배짱도 없는 자신의 꼴을 비웃고 싶지만 잘 웃어지지가 않는다.

집에 도착해 샤워를 하니 밤 10시가 되었다. 잠옷 차림의 사유미가 노부요시에게 발포주를 건네주었다.

"회의는 잘 끝났어?"

"뭐 그럭저럭."

사유미의 얼굴을 보기 전까지 계속 고다 모모코의 포스터를 머릿속에 그렸던 것이 켕겨서 노부요시는 입을 다물 수밖에 없었다. 같이 살기로 결심했을 때 포스터를 전부 처분한 것도 먼 기억이다. 피곤하지? 하는 말에, 그렇지도 않다고 대답했다.

가냘픈 몸에 낙낙한 플리스 잠옷을 입고 있는 아내는 어딘지 앳되어 보이면서도 요염하다. 잠자기 전이면 늘 이 몸을 앞에 두고 어찌할 바를 몰라 쩔쩔맨다. 마음을 표현할 수 있는 길이 그녀를 안는 것밖에 없다는 사실이 원망스러우면서도 살갗이 닿는 것으로만 보상받는 관계가 부부일지도 모른다는 생각에 비관적이 된다.

실제로 전혀 피곤하지 않다. 시간도 욕망도 남아돌 지경이다. 그러나 둘 중 하나라도 과잉 상태라는 것을 아내가 알게 해서는 안 된다. 차고 넘치는 여유로 인해 욕망마저 커져만 가는 남자라고 여겨지면, 자신이 너무 한심해서 사라지고 싶어진다.

《섹스 머신》에서 고다 모모코가 기둥서방을 먹여 살리는 윤락녀 역을 했던 것이 생각났다.

일하느라 지쳐서 귀가한 여자를, 글자 그대로 '머신' 같은 남자가 온갖 수단과 기술을 써서 잠재운다. 불면증인 그녀는 만족스러운 쾌락 속에서만 잠들 수 있기 때문이다. 밥을 먹고 푹 자면 이튿날 다시 일을 할 수 있다. 그리하여 남자는 오직 머신이 되어 여자를 기쁘게 해 준다. 그러나 윤락녀는 어떤 손님에게 연심을 품게 된다. 오늘도 내일도 그 사람이 오지 않을까 기다린다. 그러자 집에서 그녀를 기다리는 기둥서방의 존재가 묘하게 퇴색된다. 그 손님이 다시 가게를 찾아오고 그녀는 남자가 기뻐할 만한 서비스를 한 자신에게 만족한다. 그리고 그날은 기둥서방의 혀도 손가락도 페니스도 죄다 거부하고 조용히 잠든다.

어느 날 그녀가 방에서 눈을 뜨는 대목이 영화의 마지막 장면이었다. 노부요시는 보름간 매일 영사기로 돌렸던 필름의 그 마지막 장면을 가슴의 아릿함과 함께 떠올렸다.

커튼 사이로 비쳐 드는 햇살 속, 원룸 바닥에 널브러진 엄청난 양의 전동 페니스——.

노부요시 자신도 그중 하나인 듯한 기분이 들어 몸이 부르르 떨렸다.

《섹스 머신》은 보름간 상영했지만 관객의 발길은 뜸했다. 하지만 고다 모모코 주연 영화 중에서는 '특별'이라는 말을 붙여도 될 만큼 완성도가 높았다고 생각한다. 설마 자신이 기둥서방이나 다름없는 삶을 살게 되리라는 상상은 전혀 하지 못했지만.

사유미가 전등을 끄는 것을 신호로 그녀의 잠옷에 손을 뻗었다. 영화에서 그려진 기둥서방의 조건은 다짜고짜 하반신에 손대지 않는 것이었다. 가급적 쾌락의 중심에서 먼 곳에서부터 공격하지 않으면 불이 붙기 전에 여자의 흥이 깨지기 때문이다.

아내의 한쪽 손목을 붙잡고 지그시 눌렀다. 저항할 수 있을 만큼의 자유를 남겨 놓고 다른 한쪽도 시트에 대고 힘주어 눌렀다.

귓속에서 영화 속 고다 모모코가 속삭였다.

남자와 여자 사이에 있는 건 전부 세리머니야, 의례(행사를 치르는 일정한 법식 또는 정해진 방식에 따라 치르는 행사) 같은 거지——.

그럼 너무 슬프잖아, 사랑 아니었어? 하고 머신이 한숨짓는다. 세리머니여도 괜찮다는 여자에게 머신이 다가간다.

귓불에 닿는 사유미의 숨이 거칠어졌다. 손을 뻗어 피임도구를 집을 때도 노부요시의 머릿속은 차가웠다.

전부 세리머니야——.

노부요시는 절정에 달할 때도 머리 한구석에서 '세리머니'라는 말을 연신 떠올렸다.

신년 이벤트는 오후 5시의 토크쇼와 상영회다. 당일 노부요시는 정오까지 다누키코지에 있는 극장에 도착하기 위해 발걸음을 서둘렀다. 연말보다 부피가 커진 눈이 양쪽 길가에 수북이 쌓여 있었다. 기온이 뚝 떨어진 거리에는 제설차와 눈 쌓인 트럭이 오가고 있었다.

오후 1시에 고다 모모코가 한 시간 늦게 신치토세 공항에 도착했다는 연락이 들어왔다. 전날에는 폭탄 저기압(단시간 내에 급속하게 발달해 열대저기압과 같은 강도의 비바람을 동반하는 온대저기압)의 영향으로 비행기의 3분의 2가 결항되었다. 이벤트 회장에 가장 먼저 도착한 신 짱은 한숨도 못 잤다고 투덜거리며 벌겋게 충혈된 눈으로 최종 결정된 행사 스케줄표를 나눠 주고 있었다.

"노부요시, 어젯밤 잘 잤어? 나는 저기압이 물러갈지 계속

기상정보 신경 쓰느라 잠을 못 잤어. 오죽 불안했으면 고다 씨가 무사히 도착했다는 소식을 듣는 순간 쓰러질 뻔했다니까."

"무사히 도착해서 다행이네요."

기쁘지 않느냐고 묻기에, 그럴 리 없잖아요, 하고 대답했다. 신 짱이 "안 그렇게 보이는데" 하고 다시 말하기에, 일 때문에 정신이 없어서 그런다고 둘러댔다.

이번 상영은 단 한 차례뿐이다. 빌려 온 필름이 손상이 없는 상태인지 점검하고 다시 멀쩡한 상태로 돌려줘야 한다. 상영 도중에 절대로 실수를 해서는 안 된다. 매일 영사기를 끼고 살았던 과거와 다르니 다소 긴장되는 것은 어쩔 수 없다. 기뻐하는 것처럼 보이지 않는 것이 반드시 나쁜 것만은 아닐 터였다. 이 나이 먹고 팬이었다고 과거형으로 기뻐하는 것도 우스운 일이다.

신 짱이 영사실을 나간 뒤 노부요시는 건네받은 행사 스케줄표를 살펴봤다. 상영작은 《반짝이는 바다》로 90분짜리 영화다. 상영 개시는 저녁 6시 30분. 그 전에 토크쇼를 하는데 진행자는 나카소네다. 별도로 취재 요청을 했을 때 이벤트 진행자도 같은 사람으로 해 달라고 했다고 한다. 그 이유는 '이 사람 저 사람과 이야기하기가 귀찮기 때문'이었다. 노부요시의 마음속에서 고다 모모코의 인상이 조금 굳어졌다.

당돌하고 거침없고 야멸차다——.

뭐 어떤가. 신 쨩은 걱정병이 도지고, 나카소네는 인터뷰와 진행 둘 다 소화해야 하는 탓에 긴장하고 있다. 그리고 나는, 하고 생각하면서 노부요시는 필름 케이스를 열었다. 그간 관여해 온 영화인의 엄청난 시간을 감아 낸 길고 긴 '업보'다. 영사기사가 핑크 영화를 이용해 기술을 익히는 까닭은 도중에 끊겨도 심하게 불평하는 사람이 없어서라고 배웠다. 오늘은 그렇게는 안 된다. 처음이자 마지막 영사인 데다 배우 본인을 초대했기 때문에 실패는 용납되지 않는다.

노부요시는 여섯 권으로 나뉜 필름과 함께 영사실 내부를 시야에 넣었다. 영사기 두 대가 자신을 기다리고 있다. 상영을 한 번만 한다면 필름을 하나로 연결하는 대신 영사기 두 대를 번갈아 가며 상영할 수도 있다. 단 필름 세팅을 여섯 번 해야 하기 때문에 상영이 끊길 위기도 다섯 번이나 온다. 안전한 방법을 선택하느냐, 필름을 잇는 '가공'을 줄이느냐의 문제다.

수고를 아끼지 않기로 결정하고 필름 끝을 들어 올렸다. 릴에 걸고 모터를 돌렸다. 왼쪽 손가락 사이에 필름을 끼우고 손끝의 감촉으로 요철을 점검하기 시작했다. 일단 이 작업에 들어가면 여섯 권을 연속으로 점검해야만 직성이 풀린다. 카운트 리더(필름의 앞부분에 붙이는 필름으로, 영사를 정확히 하기 위한 카운트다운 정보가 수록되어 있다.)를 떼고 테일 리더(필름의 맨 끝부분에 붙이는 영상이 없는 필름으로, 필름에 수록된 이미지와 사운드를 보호하고 마지막 프레임까지 정확하게 영사되도록 하는 역할을 한다.)도 떼고 오직 필름이 깨끗한지를 점검한다. 남의 일을 의심하며 하는 작업이다.

노부요시의 스승이 이 기술을 가르칠 때 "여자를 쓰다듬는 것처럼 하라"고 말했다. 내 여자의 몸에서 전 남자의 흔적을 찾는, 남자의 좀스러움과 소심함을 비웃는 말임을 알아차린 것은 일에 적응하고 나서였다.

묵묵히 필름을 쓰다듬으며 손상된 곳이 없는지 찾아봤다. 이제 눈도 귀도 필요 없다. 손끝에 신경을 집중하고 있으니 가치를 잃은 것처럼 보이는 직업도 남겨 두는 의미가 있지 않을까 하는 생각이 든다. 첫 번째 필름에 눈에 띄는 손상이 없음을 확인하고 두 번째 필름으로 넘어갔다. 손목시계를 보니 20분이 지나 있었다. 가공에 걸리는 시간을 단순 계산하면 두 시간이다.

두 번째 필름을 점검하다 문득 올 설에 처갓집에 다녀왔던 일이 머리를 스쳤다. 장모님의 말하는 방식을 보면 사유미가 친정에 자주 가지 않으려 하는 이유를 새삼 알 수 있었다.

——사돈댁이 돌아가셨는데 어쩜 연락 한 번을 안 할까.

소식 듣고 얼마나 놀랐는지 아나? 그런 상황에서는 남자가 중심을 잘 잡아야지, 아무리 여자가 괜찮다고 해도 그 말을 곧이곧대로 들으면 안 되네.

──입장 바꿔서 생각해 보게. 자네 어머니가 나나 이 사람이 죽은 것도 모르고 계시다고 생각해 보란 말일세. 향후 부부 관계에도 영향을 주는 중요한 일이라는 결론이 나오지 않겠는가.

──설 명절이긴 하나 사돈댁 일주기까지는 명절 행사 같은 것은 하지 않기로 했네. 어쨌든 와 줘서 고맙네.

노부요시는 어머니가 돌아가신 것도 최근 들어서는 자신에게 주어진 하나의 길이라고 받아들이게 되었다. 인생의 필름 또한 여러 권으로 나뉘어 있고, 필름을 이어 붙일 때 순서가 잘못되면 그 인생에서 만났던 누군가가 빠질 수도 있다는 것을 세월이 흘러 깨닫게 되었다.

스승의 말에 따르면 결말을 아는 영화를 즐길 수 있으면 어른이 되었다는 증거이며, 아는 결말을 한 달간 즐길 수 있는 직업이 바로 영사기사라고 한다.

솔직히 처갓집과 장모님의 인품은 즐길 수가 없었다──.

한나절을 맛집과 관광 이야기에 맞장구를 치며 보냈다. 쉬지 않고 말하는 장모님을 보며 장인어른은 온화하게 웃고 있었다. 신기한 부부구나 싶었지만 아무 말 하지 않고 있었다.

그 말을 입 밖에 내면 사유미가 가엾어지기 때문이다.

집에 가는 길에 울지 않으려 애쓰던 사유미를 떠올리자 필름을 쥔 손끝의 감각이 무뎌졌다. 다른 데로 신경을 빼앗기지 않도록 마음을 다잡았다.

고다 모모코가 영사실에 나타난 것은 노부요시가 여섯 번째 필름을 다 감았을 무렵이었다.

그녀는 굵은 검은 테 안경을 끼고 에메랄드그린 색 니트 모자를 쓰고 있었다. 흰 모헤어 스웨터에 찢어진 청바지 차림. 뒤에서 신 짱이 충혈된 눈을 반짝이고 있지 않았으면 그녀가 고다 모모코라는 사실을 몰랐을 것이다.

"처음 뵙겠습니다. 영사기사님께 인사드리고 싶어서 왔어요. 작업 중이신데 실례했습니다."

약간 허스키한 목소리는 틀림없는 그녀였다. 화장기 없는 얼굴에 안경을 쓴 모습은 베테랑 배우답지 않게 수수해서 왕년의 팬이라도 길에서 잠깐 스쳐 지나간 정도로는 알아보지 못할 것이다. 나이를 짐작할 수 없는 편한 복장에 당황하면서 노부요시는 대사와 헐떡이는 소리만 떠오르는 자신의 머릿속을 탓했다.

"처음 뵙겠습니다. 오늘 잘 부탁드립니다." 의자에서 일어나 머리를 숙였다.

그녀가 대뜸 "깜짝 놀랐잖아요" 하고 웃음을 터뜨리는 바람에 노부요시는 영사실에 웃기는 물건이라도 놓여 있나 싶어 주변을 둘러봤다.

"죄송해요. 지방 영사기사님께는 신세를 많이 져서 되도록 인사드리려고 하거든요. 이렇게 젊은 분은 처음이에요."

"젊기는요, 벌써 마흔입니다."

동갑이네요, 하고 놀라는 얼굴에 미소가 활짝 피었다. 스크린에서 신나는 연기를 할 때의 배우 그 자체였다.

"이벤트 끝나면 뒤풀이를 한다고 들었어요. 삿포로에서 호평받은 상영작 이야기도 들려주세요."

그녀가 구김살 없이 웃는 모습에 얼떨결에 "네" 하고 대답했다.

그럼 이따 뵐게요, 하고 인사하는 그녀를 먼저 내보낸 뒤 신 짱이 문을 붙잡고 씨익 웃어 보이고 나갔다.

토크 쇼의 무대 조명은 신 짱과 간단한 협의를 거쳐 노부요시가 담당한다. 영사 기술을 익히던 시절에 자신을 버티게 해 준 영화관의 조명쯤이야, 하는 생각도 있었다. 음향은 FM 라디오에서 짧게 영화 소개 방송을 하는 유미가 맡았다.

처갓집에 다녀온 뒤로 흘러가는 시간의 곳곳에 의문이 슬며시 자리하게 되었다. 각본을 쓰는 것도 영화 이벤트에서 무보수로 일하는 것도 다 좋아서 하는 일인데 부담감이 따른다. 작업하던 손을 멈칫하는 순간이 오면 그것이 장모님 말

에 의한 것인지 자신의 마음속에 있는 고민 탓인지, 원망해
야 할 곳도 알 수 없게 되었다.

이것도 세리머니인가, 하고 자문은 언제나 자답에 의해 잠
시나마 휴전에 들어갔다.

객석 300석 중 절반이 관객으로 찼다. 이익은 나지 않지만
비영리단체의 행사치고는 성공적이리라. 《반짝이는 바다》
가 개봉 당시 삿포로의 멀티플렉스 영화관에서는 상영하지
않았고 해외 영화제에서 주목을 받았던 것이 크다. 단관 극
장이 하나둘 사라지는 지역이 지닌 관광객 인기 1위 칭호는
어쩐지 시리다. 자신이 어디를 향하고 있는지 모르는 것은
노부요시만이 아닌 듯하다. 풍경도, 이 지역도 가야 할 곳이
보이지 않는다.

행사 때 영사기를 돌리고 있는 동안에는 사유미도, 장모님
도, 내일도 머릿속에서 떨칠 수 있었다. 집중한다는 의미조차
몸에서 떨어져 나간다. 그런데도 고다 모모코가 스크린에 주
인공의 소꿉친구로 등장할 때만큼은 체온이 약간 올라갔다.

상영 종료와 함께 신 짱이 영사실로 찾아왔다.

"30분 후에 선술집 '고로'에서 뒤풀이할 거야. 두 시간 동
안 술과 음료수는 무한 리필이니까 오늘은 꼭 참석해."

"필름을 반납할 수 있도록 점검하고 나서 갈게요."

"매번 그렇게 말하고 안 오잖아. 고다 씨가 자네하고 이야

기하고 싶다고 한 거, 난 분명히 말했다. 알겠지? 꼭 와."

신 짱은 그 말을 남기고 서둘러 문을 닫고 나갔다. 영사기에서 나는 열로 후끈후끈해진 공기를 한 번 들이마시고 묵묵히 필름을 컨테이너에 집어넣었다. 한 번뿐인 상영이라도 모든 과정을 공들여 해냈다는 것이 오늘의 만족이었다. 매일 이런 만족을 얻을 수 있다면 고달픈 생활도 그럭저럭 견딜 수 있을 것 같다. 바로 그 점이 자신의 안이함이라는 것을 알면서도, 안이함에 안주한다는 뻔뻔함으로 자존심을 아슬아슬하게 지키고 있다.

영사실 정리가 끝나고 한숨 돌리자 갑자기 배가 고팠다. 고다 모모코와 같은 공기를 마시고 술잔을 기울이고 싶은 마음에 저속한 생각이 섞여 있지는 않은지 다시 자문해 봤다. 핑크 영화 필름을 쓰다듬는 손끝에 잡념이 없느냐고 묻는 것이나 다름없다. 겨우겨우 '잡념 없음'이라고 마음을 안정시켰을 때 저도 모르게 필름 컨테이너를 쓰다듬고 있었다.

노부요시가 선술집에 도착했을 무렵, 다다미 석에서는 회계 담당자를 제외한 모든 스태프가 거나하게 취한 상태였다. 한숨도 못 잤다던 신 짱이 검붉은 얼굴로 잔술을 들고 있다. 행사장 총지배인 임무를 무사히 완수하고 한껏 들떠 있다. 안쪽 자리에서 진행자였던 나카소네와 이야기꽃을 피우고 있는 사람은 조금 전까지만 해도 바다가 펼쳐진 곳에서 여주인공의 소꿉친구를 연기한 고다 모모코였다. 왼쪽 손가락에 담배를 끼운 모습이 제법 근사하다. 스크린 밖에서 보는 것은 오늘이 처음인데도 과거의 여자를 만난 듯 괜히 쑥스러웠다.

노부요시가 온 것을 알아차린 모모코가 재떨이에 담배를 걸쳐 놓고 "여기요, 여기" 하고 손짓을 했다. 노부요시는 신발을 벗고 스태프 뒤의 좁은 통로를 조심스럽게 지나 안쪽 자리로 갔다. 평소 온후하던 나카소네가 떨떠름한 표정을 보였다. 노부요시의 당혹감이 전해졌는지 그가 자리에서 일어났다.

"앉으시죠" 하는 그의 권유에 모모코 옆에 앉았다. 비닐로 된 얇은 방석에 나카소네의 체온이 남아 있었다.

모모코가 "맥주면 돼죠?" 하고 물었을 때 입술에서 엷은 멘톨 향이 났다. 생맥주 두 잔이 나왔을 무렵에는 담뱃갑이 비어 있었다. "그럼 건배!" 하고 말하는 그녀의 눈가에 붉은 기가 비쳤다. 어중간한 다운라이트(천장에 작은 구멍을 뚫고 부착한 조명등) 탓에 얼굴에 그림자가 졌다. 가까이서 보니 눈꼬리에서 뺨까지 나이에 맞게 주름도 잡혀 있다.

그만 봐요, 하는 소리에 정신이 들었다.

"그렇게 빤히 쳐다보면 민망하잖아요."

"죄송합니다."

모모코는 누군가 앞접시에 덜어 준 볶음면을 먹기 시작했다. 민망하다면서 보란 듯이 주름지게 웃는 그녀의 눈가에서 최근 연기력을 재평가받은 조연 배우의 관록이 묻어났다. 볶음면을 다 먹더니 "그런데요" 하고 노부요시의 얼굴을 들여다본다.

"이쪽 영화관에서는 핑크 쪽은 전부 상영되었나요?"

"고다 씨가 출연한 작품은 전부 상영되었습니다."

"어떤 영화가 가장 인기가 많았는지, 괜찮으면 알려 줄래요?"

사실대로 말해도 될지 망설여졌다. 관객은 매회 열 명 안팎이었다. 관람 매너도 나쁘고, 성인 비디오, 즉 AV를 대여점에서 빌려 집에서 보는 요즘 시대에 뒤처진 노령 관객이 대부분이었다.

집에 있어 봤자 눈엣가시 취급받는 노인들이 노름할 돈도 없고 갈 곳도 없어져서 도달한 곳이 바로 핑크 영화 전문 극장이었다. 그중 삿포로의 유흥가 스스키노에 위치한 낡은 극장일 경우에는 극장이 남성 동성애자의 밀회 장소로 바뀐다. 극장을 개보수할 자금도 없거니와 이익도 오르지 않기 때문에 최대한 버티다가 도저히 안 되겠으면 간판을 내린다. 그렇게 핑크 영화 전문 극장이 사라져 간다.

머뭇거리는 시간이 길어질수록 머릿속 생각을 대강 대답한 것이나 다름없었다. 물어본 사람이 되레 눈썹을 모으고 미안하다는 얼굴을 하고 있다.

"미안해요, 대답을 알면서 물어본 거예요."

그녀는 등 뒤에 놔두었던 붉은 배낭에서 새 담뱃갑을 꺼내 장난스럽게 웃었다.

"일하러 지방에 왔을 때 내가 나온 영화가 상영 중이면 반가워서 보러 가거든요. 알아보는 사람이 없으니 괜히 더 두근거리고요."

칸막이 너머로 단체 손님이 떠드는 소리가 들려온다. 노부요시와 모모코의 대화는 두 사람 사이에만 머무는 듯했다. 그녀가 담배 연기를 스웨터 배 언저리에 내뿜고는 다시 노부요시의 눈을 들여다보며 말했다.

"오래전에 도호쿠(東北) 변두리였던 걸로 기억하는데요, 아무도 찾지 않을 것 같은 쓸쓸한 영화관이 보이길래 들어가 봤어요."

고다 모모코 주연의 《꿀·꿀·꿀》은 저예산 중의 저예산임을 분명히 알 수 있는 작품이었다. 살과 목소리와 효과음으로 이루어진 영화로 출연은 주연 여배우와 노인 한 명. 관객이 없는 시골 극장에서 자신의 영화를 보는 심정이 어땠을까 생각해 본다. 노부요시는 그럴듯한 말이 떠오르지 않아 맥주를 마시는 것으로 얼버무렸다.

"관객이 없는데도 제 시간에 필름을 돌리는 사람이 있다고 생각하니 얼굴이 너무 보고 싶은 거예요. 그래서 살그머니 영사실에 가 봤죠."

작은 극장의 좁은 영사실에서 핑크 영화의 주연 배우가 늙은 영사기사에게 가볍게 인사한다. 영사기사는 작은 몸집에 주름투성이 노인이었다. 영사실의 은은한 조명 아래서의 일이다. 갑자기 나타난 여자가 자신이 한창 필름을 돌리고 있는 영화 속 주인공임을 알아차린 그는 기계에 머리가 부딪히지 않도록 조심하며 머리를 깊숙이 숙였다. 그러고는 눈물을 흘렸다.

"그날 핑크 영화를 은퇴하기로 결심했어요."

그녀는 《꿀·꿀·꿀》의 장면처럼 노인의 몸을 끌어안고, 필름에 흠이 나지는 않았는지 세심하게 점검해 온 그 손가락을 입에 머금었다. 노기사는 오열을 쏟아 내며 그녀 앞에 계속 머리를 숙였다.

"마침 스크린에서 그런 장면이 나오고 있었거든요."

그녀의 이야기를 고스란히 영화로 만드는 편이 낫겠다는 생각을 하면서 뭐라 대답해야 좋을지 망설였다.

바닥을 보고 있던 그녀가 고개를 들었다.

"그 할아버지가 만약 살아 계시다면 다시 만나고 싶어요. 핑크 영화를 졸업한 뒤 힘든 일도 많았지만 지금도 계속 당당히 연기를 하고 있다고 직접 말씀드리고 싶거든요."

노부요시는 그제야 입을 열고 "기뻐하실 겁니다" 하고 말했다. 그녀가 "저도 그렇게 생각해요" 하고 웃는다. 구김살 없이 웃는 그 얼굴에 빨려 들어갈 것만 같다.

"이번 영화제의 영사기사님이 어쩌면 그 할아버지일지도 모른다고 생각했어요."

"이제는 아무도 필요로 하지 않는 직업이 되었지만요."

"세상에 필요하지 않은 직업은 없다고 생각해요."

"글쎄, 정말 그럴까요?"

"왜냐하면 다들 영화라면 사족을 못 쓰는 영화 팬들이잖아요. 좋아하는 길에는 반드시 앞날이 마련되어 있다고 믿어요. 최근 들어 그런 생각이 들더라고요."

"영화 팬" 하고 소리 내어 읊어 봤다.

"그래요. 영화 팬."

술자리가 끝난 뒤 택시에 올라탄 그녀를 배웅하고 귀갓길에 올랐다. 귓가에 고다 모모코의 말이 끊임없이 울려 퍼졌다. 매끄럽게 이어 붙인 필름을 보고 있는 것 같다.

갑자기 영사실에 나타난 핑크 영화의 주인공에게 손가락을 내맡긴 노기사의 모습을 상상한다. 그것만으로 평생을 그 극장에 바친 남자의 수십 년이 보상을 받는다. 말년에 일을 마무리 지어 가는 한 남자를 인정하는 시간이었다. 자신도 그

노기사를 만나 보고 싶은 마음이 괜한 감상이 아니기를 빌었다.

지하철역을 나오자 주머니 속 휴대폰이 진동했다. 사유미가 보낸 문자였다.

『오늘도 하루가 거의 다 갔네. 혼자 추하이(소주에 탄산수와 과즙을 섞은 음료) 마시는 중이야.』

전화를 걸었다. 신호음이 한 번 울리기도 전에 사유미가 전화를 받았다.

"거의 다 왔어. 내 추하이도 냉장고에 넣어 놨나 싶어서."

"물론 넣어 놨지. 행사는 어땠어?"

"대성공이었어."

기뻐하는 사유미의 목소리가 고다 모모코와 겹치더니 노부요시의 가슴 언저리를 지나간다.

전화를 끊고 올려다본 하늘에서 또 눈이 내렸다. 한 알갱이씩 공손히 건네듯이 떨어져 내린다.

세리머니라──. 집으로 향하는 발길을 재촉했다.

3

영화팬

바닥에 흥건했던 눈석임물(쌓인 눈이 속으로 녹아서 흐르는 물)이 어느덧 없어졌다. 남쪽에서 불어오는 바람이 거리를 빠져나간다.

사유미는 아르바이트 중인 야간 진료소 복도에서 오우라 미스즈의 부름에 걸음을 멈추었다.

"미안한데, 3월 31일 밤에 나 대신 나올 수 있어?"

벽에 걸린 달력으로 시선을 옮겼다. 금요일이었다.

"알겠습니다, 괜찮을 거예요."

말이 야간 진료소이지 진료 접수는 밤 9시 30분까지다. 긴급을 요하는 환자는 큰 병원으로 옮겨지기 때문에 의료진 대부분은 11시에는 퇴근한다. 오우라 미스즈가 안심한 표정으로 고맙다고 말했다.

"실은 그날 남편이 퇴직하거든."

아침에 현관에서 배웅하고 저녁에도 현관에서 마중을 하고

싶다고 했다. 오우라도 낮에는 다른 개인병원에서 근무하는
쉰 살쯤 된 간호사다.

"이웃 마을 시청에서 발령받은 지 벌써 20년이야. 계속 도
서관에서 근무했어."

사담을 거의 나누지 않는 아르바이트 병원에서는 흔치 않
은 대화였다.

올해로 예순인 오우라의 남편은 재임용을 희망하지 않았
다. 민영화 물결이 거세지면서 몇 년간 그 준비를 하느라 여
념이 없었다고 한다. 남편이 "내 할 일은 다했다고 생각하오"
라고 말할 때의 표정을 보고 그녀는 재취업을 권하지 않았
다.

"봄부터 완전 민영화가 돼서 여자들만 가득한 직장이 되나
보더라. 관장도 수완가로 소문난 여성이고 업무에도 변화가
많은가 봐. 다행히 나도 더 일할 수 있고 우리는 자식도 없
잖아. 앞으로는 둘이서 느긋하게 보내는 것도 나쁘지 않을
것 같아."

야간 진료소의 간호사는 대부분 아르바이트로 온 사람들이
다. 본원이 따로 있는 이곳 야간 진료소는 삿포로 역 앞 건
물에 위성 진료소(대형 병원이나 병원 그룹이 교통편이 좋은
곳에 개설하는 진료소)로 개설된 것이다. 환자가 야간 진료
소에 들러 다음 날의 본원 예약을 할 수 있고 퇴근길에 처방

전을 받으러 오는 직장인 환자도 많다. 위성 진료소의 역할을 톡톡히 해내고 있는 것이다.

오우라와 개인적인 이야기를 나눈 것은 처음이었다. 짧은 야간 아르바이트에는 휴식 시간이 없기 때문에 반년 전에 들어온 접수 담당 여직원이 기혼인지 미혼인지도 모른다. 다른 사람과 관여하지 않아도 되는 홀가분함이 이곳에서 계속 근무할 수 있는 큰 이유이지만, 희박한 인간관계 속에 가끔 이런 대화가 오가면 묘하게 반가운 것도 솔직한 심정이었다.

간호복으로 갈아입은 오우라가 화장기 없는 눈가에 힘을 풀고 웃었다.

"이제부터는 내가 그이를 먹여 살려야겠어."

두 사람 다 열여덟에 사회로 나왔고 남편은 42년간의 근무를 마쳤다. 준(準)간호사에서 정(正)간호사가 된 오우라도 현장을 벗어난 적이 없다고 한다.

어제보다 바람이 조금 누그러진 귀갓길에 오르며 결혼한 지 24년이 되었다는 오우라 부부의 이야기를 떠올렸다. 그녀가 들려준 부부의 지나온 세월은 조용했다. 서서 짧게 나눈 대화라 자세한 내용은 듣지 못했지만 시간이 더 있었더라도 그녀는 아마 더 이상은 말해 주지 않았을 것이다. 말로 다 하지 못한 많은 일들은 자식이 없는 부부의 일상적인 대화에도 언급되는 일 없이 사라져 가는 걸까.

노부요시와 자신의 생활을 생각해 봤다. 오우라 부부 못지 않게 조용한 생활이었다. 추우면 한 이불을 덮고 몸을 녹였다. 이따금 안거나 안기기도 하고 또 몰래 울기도 하면서 어느덧 오랜 시간을 함께하고 있다.

봄눈이 다시 올까 하는 생각을 하면서 밤에는 아직 패딩코트를 입어야 하는 추운 하늘을 올려다봤다. 가로등 끝에 있는 집 창문을 쳐다봤다. 불이 꺼져 있다. 노부요시는 오늘과 내일 이틀간 바닷가 도시에서 영화필름을 돌린다.

본업 일이 들어오는 것은 1년에 네다섯 번이다. 감정 표현에 서툰 노부요시도 영사 일이 들어오면 어딘지 모르게 기뻐 보인다. 기대하던 일이 다른 기사에게 갔을 때는 애써 각본 집필을 하느라 정신없는 척을 한다.

소박하긴 해도 삶이 배어든 장소로 돌아갈 수 있다는 고마움을 깨달았다. 매일 야근하던 시절을 떠올리면 지금의 소박한 삶쯤이야 얼마든지 버틸 수 있을 것 같았다. 과거 종합병원 내과 병동에서 근무했을 때 담당하던 환자 두 명이 연달아 숨을 거두었던 여름날 밤에 노부요시를 처음 만났다.

조용히 숨을 거둔 여성 환자가 아직 의식이 있을 때 사유미를 누구와 헷갈렸는지는 "좋아해, 미안" 하고 말했다. 귓가에 남은 그 말을 어디로 전해야 할지 몰라 마음이 흔들렸을 때였다. 목숨의 덧없음에 오랫동안 가슴앓이를 해서는 어른답지 못하다. 잘 알면서도 그 무렵에는 부러질 것 같은 마음을 죽을힘을 다해 바로 세우면서 살았다.

오랜만에 노부요시가 없는 불빛 아래서 자신들의 생활을 바라보았다. TV, 작은 고타쓰, 공간 박스, 냉장고, 끝이 말려 올라간 주방 매트. 매일 보던 것 하나하나가 노부요시의 부재로 한 줌씩 빛을 잃었다. 이 풍경 속에 아이가 노는 장면이 등장할 날이 올까. 정면으로 마주하지 않고 해를 거듭한다면 그 끝에 자신들은 후회하지 않을 수 있을까.

사유미는 공간 박스 구석에서 접착테이프를 꺼냈다. 20센티미터 길이로 끊어서 동그랗게 말았다. 주방 매트 모서리를 들어 바닥에 접착테이프를 붙이고 그 위에 매트를 덮었다. 간이 양면테이프다.

——어이쿠!

——어머나!

둘이서 부엌에 설 때마다 반드시 한 명은 거기에 발이 걸려 넘어질 뻔했다. 서로 웃기만 하고 고치지 않은 채 시간이 흘렀다. 말려 올라가지 않게 고정하기만 하면 된다는 것을 알면서도 그냥 지내고 있는 까닭은 이런 우리의 시간이 오래 지속되리란 것을 의심하지 않기 때문이다.

하지만 사유미의 마음이 남편의 부재 하나로 불안에 흔들린다는 것을 노부요시는 모른다.

발끝으로 매트를 밟거나 가볍게 차기도 하면서 단단히 고정되었는지 확인한 뒤 사유미는 접착테이프를 원래 자리로 되돌려 놓았다.

저녁은 편의점 주먹밥 하나로 때웠다. 배가 고픈 것에도 감사를, 하고 중얼거린다. 그 후에는 기분이 1센티미터만큼 가라앉았다. 여전히 나는 혼자 있기 싫을 때 혼자구나, 하고 스스로를 몰아붙인다. 혼잣말이 많아지는 것은 바람직한 현상이 아니지 않던가.

냉장고에서 발포주와 속에 채소가 든 팩 어묵을 꺼냈다. 집에 혼자 있게 되면 입에 들어가는 것에 품과 시간을 들이지 않게 된다. 입맛도 없고 그저 배를 채우기만 하면 족하다.

TV에서는 어느 채널을 돌려도 오늘 하루의 뉴스를 내보내고 있었다. 발포주를 한 모금 마시고 어묵을 베어 먹었다. 화면에 네 글자로 된 한자들이 나타났다 흘러갔다. 살인 사건, 지명수배, 화산 분화, 지진예지, 해저광물——.

충전기에 꽂아 둔 휴대폰이 진동하여 황급히 화면을 봤다. 노부요시의 문자다.

『행사 주최자하고 밥 먹고 왔어. 이제 자려고. 역시 바닷가는 바람이 차네. 감기 조심해.』

건조한 내용에 왠지 안심하면서 바닷가에 있는 노부요시가 감기 조심하라는 문자를 보낸 것이 우스웠다. 발포주를 마지막 한 모금까지 다 마셨는데도 어묵이 하나 남았다. 답장을 보내고 냉장고에서 한 캔 더 꺼냈다. 알딸딸한 기분만으로는 잠들지 못한다. 서로 몸이 떨어져 있을 때는 노부요시도 자신처럼 춥다고 믿고 싶다.

『수고 많았어. 아직 독감 바이러스가 유행하고 있으니 조심해. 양치질, 손 씻기 꼭 하고 자.』

사유미가 모르는 곳에서, 사유미가 모르는 사람과, 사유미가 모르는 술을 마시는 노부요시를 상상했다.

아, 심심하고 따분해. 입 밖에 내자 더욱 심심해 죽을 지경이었다. 휴대폰을 충전기에 꽂았다. 답장에 대한 답장은 오지 않았다.

두 캔째 발포주는 절반쯤 남았을 때부터 쓰디쓰다. 좀 참을걸, 괜히 두 캔이나 땄다고 반성하면서 TV 전원을 껐다. 안주도 더 먹으면 위에 부담이 갈 것 같았다. 테이블 위에 있는 빨간 노트북이 눈에 들어왔다. 그 닫힌 세계는 사유미가 들어갈 수 없는 창작의 현장이었다.

노부요시가 쓴 영화 평론과 각본이 별로 좋은 평가를 받지 못한다는 것은 어렴풋이 알고 있다. 드라마 각본과 영화각본을 써서 여러 공모전에 응모한 것도, 그 모든 도전에 실패했다는 것도 안다. 하지만 남편은 지금 긴긴 터널 속에 있고 출구가 조금이라도 보이면 반드시 좋은 풍경으로 이어질 것이다. 사유미는 아무 근거도 없지만 남편을 믿어 주는, 그런 아내다.

앞으로 어떻게 될까. 노부요시의 숨결을 닮은 미지근한 바람이 사유미의 목덜미를 지나갔다. 캔에 남은 쓰디쓴 액체를 단숨에 쭉 들이켰다. 눈 안쪽이 시리고 미간이 욱신거린다.

사유미는 노부요시의 낡은 노트북을 열었다. 전원을 켰더니 자동 로그인 설정이 되어 있는지 곧 바탕 화면이 나왔다. 번거로운 것을 싫어하는 노부요시답다. 각본은 전부 한 폴더에 담겨 있다. 사유미가 모르는 노부요시가 있는 공간의 입구였다. 두려움과 그만큼의 호기심과 무미, 무취한 질투심에 사로잡혀 사유미는 메일함을 열었다.

보지 말 걸 그랬다. 폴더에서 여자 이름을 발견한 순간 후회가 되었다.

가슴의 두근거림과 키보드를 두드리는 손끝이 서로 무관한 것처럼 가장하며 앞으로 나아갔다. 술 탓으로 돌리고 싶지 않다. 교양 없는 행동은 더욱 하고 싶지 않다.

자신들은 사람과 관여하는 일에 서툰 부부라고 생각했지만 노부요시가 가지고 있는 메일 주소는 의외로 많았다. 결혼하기 전부터 사용하던 노트북이다. 사유미와 함께 살기 전과 후의 그에 대한 정보를 접하고 있다는 의식이 옆구리를 찔러 부추긴다.

훔쳐봤다는 죄책감과 노부요시의 죄책감을 교환하면 어떨까——?

무방비한 화면이 그렇게 말을 걸어오는 것 같았다.

여자의 이름이 표시된 메일을 하나 열기 시작하자 멈출 수가 없었다. 영화 관계자인지 행사 계획과 집합 시간, 일상적인 감사의 말과 인사 메일이 이어졌다.

다음——, 그다음——.

문득 매우 짧은 메일에 눈길이 멈췄다. 날짜를 보니 반년에 한 번이나 1년에 한 번 보내온 메일이다.

『노부요시 군, 잘 지내죠? 얼마 전에는 고마웠어요. 상담하길 잘한 것 같습니다.』

『노부요시 군도 새로운 꿈을 위해 힘내세요.』

『어머니가 돌아가셨다는 소식을 전해 들었습니다. 당신 성격에 누구에게도 아무 말도 하지 않고 서서히 받아들이고 있겠죠. 고인의 명복을 빕니다.』

그것이 마지막 메일이었다.

발신자는 'Hiroko takata'.

노트북은 개인 정보로 가득한 물건이다. 그러나 이 메일만 가지고는 상대가 누구인지는 고사하고 노부요시와의 관계도 전혀 알 수 없다.

여자가 상담을 요청하는 노부요시, 꿈을 향해 달려가는 모습을 보이는 상대, 그리고 결정적으로 '당신 성격에'라고 쓰인 줄의 친근감. '노부요시 군'에서 '당신'으로 바뀌는 과정에서 견딜 수 없는 불안이 밀려왔다.

어머니를 여읜 사실을 전해 들었다는 것은 공통된 친구나 지인이 있다는 뜻이다. 그러나 노부요시는 그녀가 보내온 메일에 답장을 한 통도 하지 않았고 자신이 먼저 어머니가 돌아가셨다는 소식을 전하지도 않았다.

사유미는 '다카타 히로코'를 마지막으로 더는 메일함을 열지 않았다. 노부요시와 둘이서 술을 마실 때는 두 캔만 있으면 연체동물처럼 몸을 가누지 못하고 정신도 몽롱해지지만, 지금은 이 한밤중에 조바심이 날 만큼 몸과 정신이 말짱했다.

그러면서도 사유미는 노부요시가 보낸 메일함을 열지는 못했다.

자신의 스마트폰 화면에 들어가 아까 노부요시가 보내온 문자를 다시 읽었다.

혹시 행사 주최자 중 한 명은 아닐까.

『이제 그만 잘게.』

지저분한 상상을 했다. 남편의 사생활을 훔쳐봤다는 후회와 쓸데없는 짓을 했다는 자책, 그리고 그 탓에 품지 않아도 될 터인 의심이 가슴에서 눈덩이처럼 불어났다. 그날 밤 사유미는 머릿속이 싸해서 잠을 이루지 못했다.

오우라 미스즈가 야간 진료소를 그만두었다는 소식을 들은 것은 4월 둘째 주의 일이었다. 진료소에 출근하는 의사도 본원에서 당번제로 오기 때문에 자세한 이유는 모른다고 했다.

"당분간 빈자리는 본원 간호사가 메운다고 하더군. 그만둘 때는 되도록 미리미리 말해 줬으면 하던데."

사유미가 당분간 그럴 예정이 없다고 하자 의사가 입을 삐죽 내밀더니 "그래 주면 나야 고맙지" 하고 의자를 가볍게 반 바퀴 돌렸다.

사유미는 그날 밤 접수 담당 여직원에게 억지를 부려 오우라 미스즈의 주소와 전화번호를 알아냈다. 처음에는 개인 정보라는 이유로 꺼려했지만 "빌려준 게 있어서 그래"라는 한마디에 꺾였다. 거짓말이 아니다. 근무 스케줄을 한 번 교대해 주었다.

그 주의 토요일 낮 시간에 사유미는 '북의 영화관' 접수 당번을 맡아 외출하는 노부요시와 함께 지하철을 탔다. 오우라에게 전화할까 망설이다 시간만 잡아먹었다.

오우라를 만나려는 데는 이유가 있었다. 노트북을 훔쳐봤을 때 품었던 죄책감과 조바심은 시간이 지나도 전혀 줄어들지 않았다. 마음이 한가한 탓이라며 스스로를 타일러 봐도 남편의 퇴직일에 집에서 기다리고 싶다고 하던 그녀는 사유미가 지금 떠올릴 수 있는 한 줄기 빛이기도 하다.

"오늘 무슨 약속 있어?"

노부요시가 지하철 승강장에서 물었다.

"응, 야간에 아르바이트하는 진료소 선배가 갑자기 그만뒀거든. 마음이 쓰여서 한번 가 보려고."

거짓은 아니지만 사실도 아니다. 마음이 쓰인다는 말은 걱정된다 혹은 불안하다로 바꿔 말할 수 있다. 어른이 될수록 어느 쪽으로도 해석할 수 있는 애매모호한 말을 많이 한다는 것을 깨달은 뒤부터 그렇게 할 때마다 까슬까슬한 생채기가 늘어난다. 10년 뒤 자신의 모습을 궁금해하기 전에 당장 내일의 모습조차 보이지 않기 때문에 어찌할 도리가 없었다.

"어디 아픈가?"

"그것도 모르겠어. 아르바이트 세 명이랑 본원 간호사로 굴러가는 상태라 거의 마주치지도 못했어."

"거의 마주치지도 못했는데 마음이 쓰이다니, 사유미도 그럴 때가 있어? 별일이네."

매일 마주치면 더 마음이 쓰이는데, 하고 소리 내어 말하면 조금은 편해질까. 바닷가 도시에서 돌아온 노부요시의 모습에 달라진 점은 없었다. 혹시라도 놓치고 넘어간 것을 찾으려 애쓰는 일상에 조바심과 피로가 섞여 들었다.

노부요시가 내리는 역까지 이제 두 정거장 남았다. 사유미
는 작은 목소리로 물었다.

"저기, 갑자기 당신이라고 부르면 당황할 거야?"

"당황하진 않아도 무슨 일인가 하겠지."

"무슨 일인가, 하는구나."

"호칭을 바꾸는 것도 꽤 큰일 아닌가?"

남편의 대답은 정직하고 진지했다. 그래서 더 빈틈이 없는
것처럼 느껴졌다.

오도리 역에서 승객의 80퍼센트가 내렸다. 새로운 승객 중
한 명이 사유미 앞에 섰다. 작은 에나멜 가방을 들고 유행하
는 부츠를 신고, 아직 추운데도 얇은 스타킹과 미니스커트
차림이다. 슬쩍 올려다보니 20대 초반 같다. 이마에 찰싹 달
라붙은 앞머리와 가슴 언저리까지 오는 손상된 머리끝의 불
균형을 발견하고 괜히 안심이 된다. 노부요시는 이렇게 빈틈
투성이인 여자를 어떤 눈으로 바라볼까. 의식이 자연스레 그
쪽으로 흘러갔다.

순간 청바지와 셔츠, 트렌치코트에 천 가방을 걸친 자신의
모습이 지하철의 어느 풍경에도 녹아들지 못하는 것 같아 불
편한 마음으로 바뀌었다.

다음 역에서 내릴 준비를 하면서 설마 젊은 여자의 허벅지
를 훔쳐보지는 않겠지, 하고 슬며시 옆을 살폈다. 신경 쓰는

기색이 없는데도 기어코 부자연스러운 면이 없는지 찾고 만
다.

뭘 하는 건지——.

자책과 후회를 오가는 사이 피곤해졌다.

"그럼 조심히 다녀와."

상냥한 표정을 남기고 전철에서 내리는 노부요시의 뒷모습
을 지켜봤다. 뭔가 눈에 보이는 변화라도 있으면 조금은 이
초조함에서 벗어날 수 있을까. 정체 모를 여자의 메일을 열
어 보는 바람에 얇은 지층 밑에 있는 이류(산사태나 화산 폭
발 때 격렬히 흘러내리는 진흙의 흐름)를 발견하고 말았다.
이류는 곧 사유미 자신이다.

지하철 니시니주핫초메 역에서 내려 지상으로 나왔다. 내
리는 사람도 타는 사람도 별로 없었다. 오우라 미스즈의 주
소와 전화번호를 적은 수첩을 펼쳤다. 번지로 봐서는 걸어서
10분 거리에 있다. 낮에 근무하는 병원에서 그리 멀지 않은
동네라 지리를 조금이나마 알아서 다행이다.

손목시계를 보니 오후 1시가 되기 조금 전이었다. 막상 근
처에 오니 더욱 망설여진다. 자신의 마음이 안정된 상태였다
면 오우라의 일도 이렇게까지 걱정되지는 않았을 듯하다.

토요일 낮에 걸려 오는 전화란 어떤 걸까. 자신이라면 근
무 중일 때는 전화를 받지 않고, 낯선 번호임을 확인한 다음

에는 다시 전화를 걸지도 않을 것이다. 만약 오우라가 집에 없다면 그걸로 됐다는 생각이 든다. 여기까지 온 핑계를 대기 위해 평소보다 품질 좋은 식재료를 사서 집에 가면 된다.

사유미는 "에이" 하고 될 대로 되라는 심정으로 그녀에게 전화를 걸었다. 세 번째 신호음에 오우라가 전화를 받았다.

"안녕하세요, 야간 진료소에서 함께 근무하던──."

잠시 후 그녀가 "아아" 하고 호의적인 높이의 목소리로 대답했다.

"진료소를 그만두셨다는 이야기를 듣고 어디 편찮으신 건 아닌가 걱정이 되어서요. 갑자기 전화드려 죄송해요."

이런 이유로 남에게 전화를 건 적은 없다. 입에서 술술 나오는 말을 스스로가 믿어 버릴 것 같았다. 오우라는 "고마워"라고 말한 뒤 사정이 있다고 덧붙였다.

"현장에 폐를 끼치고 말았네. 당신한테는 걱정까지 끼치고, 미안해요. 그만두는 이유를 일신상의 사정이라고만 밝혀서 괜히 혼란을 주었나 봐. 무책임하게 그만둬서 정말 미안합니다."

"아뇨, 편찮으신 게 아니라 다행이에요. 저야말로 죄송해요."

접수 담당에게 억지를 부려 전화번호와 주소를 알아냈다고 털어놓았다. 근처에 있는 신호등에서 전자음이 울렸다. 밖에 있느냐고 묻기에 그렇다고 대답했다.

"실은 볼일이 있어서 근처에 왔다가 전화드렸어요. 남편분과 느긋한 시간 보내고 계셨다면 죄송합니다."

"근처에 왔다고?"

당혹감이 깃든 침묵이 흘렀다.

"네, 잘 계시는 거면."

됐어요, 하고 말하려던 사유미의 말을 자르고, 그럼 집에 들르라고 그녀가 말했다. 가슴속 진흙의 흐름이 속도를 내기 시작했다.

맛있다고 소문난 빵집에서 단과자빵(설탕, 유지, 달걀의 등의 배합량이 식빵류보다 높은 제품)을 몇 가지 사서 가야겠다고 생각했다.

현관으로 나온 오우라에게 "나중에 드세요" 하고 멜론빵과 소금빵이 두 개씩 든 빵집 봉투를 건넸다. 그녀의 집은 자신들이 사는 빌라 못지않게 좁았다. 혼자 살기에 알맞게 지어진 원룸 같았다.

현관에 들어섰을 때 알아차렸으면 좋았을 것을. 그랬더라면 굳이 이 집에 들어오지 않았을 것이다. 얼굴을 보니 안심했다고 말하고 곧장 나갈 수도 있었다.

좁은 방 안쪽에 더블 침대가 있었다. 침대 주변에 있는 박스. 누가 봐도 한창 이사 준비 중인 집에 남편의 모습은 없었다.

"이사하기로 결심하고 나서 바로 야간 진료소를 그만뒀어. 낮에 일하는 병원도 다음 주까지만 일하고 그만두기로 했고."

그러고 보니 부부 둘이서 느긋하게 보내기에는 비좁은 인상을 받았지만, 뭔가 다르다. 이곳은 결혼한 지 24년 된 남녀가 오순도순 살아온 조용한 부부의 집이 아니다. 싸구려 2인용 식탁과 더블 침대의 조합에 사유미는 어쩌면 그녀가 이야기를 지어냈을지도 모른다고 의심했다.

감이긴 해도 단순히 근거 없는 감은 아니었다. 내과 병동에는 행복한 척하는 환자가 매우 많다. 오랜 입원 생활로 인해 하나둘 드러나는 가정사를 보고도 못 본 척을 해 온 경험에서 그렇게 생각한 것이다. 현장에서의 실력으로 보아 그녀의 오랜 간호사 경력은 의심할 여지도 없다. 그러나 개인 생활은 그녀의 말과 일치하지 않을지도 모른다.

식탁에 마주 앉아 오우라가 끓여 준 홍차에 시선을 떨어뜨렸다. 잠자코 있을 수밖에 없는 사유미의 모습에서 뭔가를 알아차렸는지 그녀가 입을 열었다.

"24년간 함께한 건 사실이야. 정년퇴직 날에 현관에서 맞이하고 싶었던 것도 사실. 하지만 남편이라는 건 거짓이야."

결코 축복받을 수 없는 관계의 남자와 24년이나 함께할 수 있었던 것은 혼자서도 먹고살 수 있는 직업이 있었기 때문이라고 그녀는 밝혔다.

"혼자서도 먹고살 수 있다는 게 큰 함정이었어. 마흔이 되기 직전에 그걸 깨달았지. 나는 누가 우는 걸 못 보는 성격인가 봐. 손해까지는 아니더라도 이득을 본 적은 없어."

그녀는 남자의 퇴직일에 모든 것을 걸었다고 말했다. 다시 시작하기에는 늦었다 싶다가도 아직 괜찮다는 생각도 들었고, 쉰이라는 나이는 참으로 어려운 나이라고 했다.

"그쪽도 자식이 없거든. 나 혼자만의 착각 때문에 지금까지 버텼나 봐. 그동안 부인이 내 존재를 알고 있었다는 걸, 올 초에 들었지 뭐야."

남자는 그때도 울었다. 오우라는 새삼스럽게 남자에게 말했다.

——3월 31일에 이리로 와 주면 다 잊을게.

어차피 헤어질 테니 마지막 순간에는 희미한 빛이라도 보고 싶었다고 그녀는 말했다.

——당신에 관한 거 전부 잊을게.

남자는 오지 않았다. 그것이 24년간 키운 나무에 열린 열매였다.

"그 전까지는 답 같은 걸 원한 적이 없었어. 내가 그 사람을 사랑한다는 사실만으로 충분했거든. 그런데 그런 관계에도 어김없이 골은 있더라."

집에서 하루 종일 꼼짝 않고 남자를 기다렸지만 날짜가 바뀌었을 무렵 어깨에서 힘이 쑥 빠졌다고 한다.

"어느새 만우절이 되어 있었어. 4월의 바보가 나라고 생각하니 조금은 편해지더라. 아, 내 이야기만 해서 미안해. 여기까지 와 줘서 얼마나 기쁜지 몰라. 다르게 살아 보기로 결심했는데 막상 알릴 사람도 없다는 걸 깨닫고 민망하던 참이었거든."

오우라가 살짝 웃더니 묘하게 홀가분한 말투로 계속했다.

"선물해 준 빵 같이 먹고 싶은데, 그래도 될까?"

사유미는 고개를 힘껏 끄덕였다.

멜론빵의 겉면은 처음에는 바삭한 식감과 은은한 단맛이 퍼지며 입 속에서 녹더니 속살과 어우러져 목구멍을 넘어갔다. 남자와 여자도 이런 식이면 안 되는 걸까.

음울한 이야기라 미안해, 하고 웃는 오우라에게 어디로 가는지 물었다. 이 집을 떠나는 그녀에 대한 전별의 말이라기엔 조금 부족한 질문이었다. 외딴섬이라는 대답이 돌아왔다.

"외딴섬에 가시는군요."

"남쪽 섬을 마음껏 돌아다니다 마지막에는 마음에 드는 땅에서 느긋하게 살고 싶어. 취업 활동을 하는 동시에 마지막 삶을 준비하는 셈이지."

봄이잖아, 하고 말하는 그녀는 어느덧 조금도 쓸쓸해 보이지 않았다. 사유미는 오우라가 자신의 거짓말을 사과하지 않는 것이 무엇보다 기뻤다.

"남편하고 실컷 싸워 봐야 해."

"부부 싸움이요?"

"그래, 부부 싸움. 이유 있는 싸움을 많이 해 봤으면 좋겠어. 말다툼이 필요한데도 피하기만 해서는 이로울 것이 없거든. 남자와 여자는 이유를 알고 타협점이 정해진 싸움은 얼마든지 해도 좋다고 생각해."

그것이 그녀가 하는 후회의 시작 지점인 듯한 기분이 들어서 깊이 물어볼 수가 없었다. 안정되면 연락하고 싶으니 메일 주소를 알려 달라고 하여 사유미는 자신의 메일 주소를 그녀의 휴대폰에 전송했다.

집에 가는 길. 지하철 계단을 내려가다 걸음을 멈췄다. 생활이 안정되어도 오우라가 연락하지 않을 것 같은 기분이 들었다. 순간 그녀의 집으로 되돌아가고 싶은 충동이 일어 발끝을 반쯤 틀었다.

잠시 멈춘 뒤 사유미는 하늘을 올려다봤다. 마른 모래 냄새가 난다. 눈이 사라진 거리에 부는, 봄바람이 데려오는 냄새였다.

그날 밤 귀가한 노부요시에게 현관 앞에서 캔 맥주를 건넸다.

"어, 무슨 일이야? 뭐 좋은 일 있었어? 아니면 지독하게 불쾌한 일이라도 있었나?"

"아니, 오늘은 그냥 마시고 싶어. 가끔은 맥주도 좋잖아."

의심의 표정을 숨기지 않는 노부요시와 마룻귀틀에서 건배한다.

사유미는 남편이 벗은 운동화를 가지런히 정리한 뒤 아아 이거구나, 하고 생각했다. 오우라의 집에서 제일 처음 느낀 위화감의 정체는 바로 이것이었다. 그곳에는 생활감이 없었다. 남자와 둘이 살고 있는 집의 신발 냄새도, 땀 냄새도, 구석구석 가닿지 못하고 떠돌고야 마는 생활의 냄새가 없었다. 찾아오는 남자는 있어도 돌아오는 남자는 없었다.

"무슨 일이 있긴 있는 거야?"

남편 옆을 지나쳐 고타쓰 위에 둔 가스버너에 불을 붙였다. 뒤에서 "설마 스키야키(얇게 썬 소고기와 채소, 버섯, 두부를 간장 양념에 졸여서 날달걀에 찍어 먹는 전골 요리)?" 하는 소리가 났다.

"돼지고기이긴 하지만."

왠지 불안한데, 하고 중얼거리는 그에게 양치하고 손 씻고 오라고 일렀다.

자, 그럼, 하고 결심한 것은 음식을 배부르지 않게 적당히 먹었을 무렵이었다. 앉음새를 바로 하고 "할 이야기가 있습니다" 하고 입을 열었다.

"역시" 하는 노부요시의 낙담한 얼굴에 대고 머리를 숙였다.

"그러면 안 된다는 걸 알면서도 노트북을 열어 봤어요. 미안합니다."

"당신답지 않게 왜 그런 경솔한 짓을?"

"나다운 게 뭔지 잘 모르겠지만, 메일 폴더에 여자 이름이 많아서 무척 당황스러웠어요."

"많지는 않습니다. 그보다 그 공손한 존댓말 좀 어떻게 안 될까요?"

"다카타 히로코 씨가 누구죠?"

노부요시의 표정을 놓치고 싶지 않은 마음과 보고 싶지 않은 마음. 가슴에 두 가지 마음을 품는 것은 역시 무거웠다. 이 무게를 나누어 지기 위해 지금껏 관계를 쌓아 왔다고 믿고 싶다.

"설명하면 되게 거짓말처럼 들리는데요."

"거짓이라도 좋아요." 당장을 구원하기 위한 본심이며 도박을 거는 것과 비슷한 마음이기도 하다.

"거짓말처럼 들리지만 사실이라는 걸 알아주면 좋겠어."

"그건 듣고 나서 판단할게요."

비록 서툰 변명이라도 좋았다. 지금 이 순간 사유미가 더 중요하다는 것을 호들갑스레 표현해 주길 바랐다. 긍정적인 일이라고는 전혀 생각지 못한 나날로부터 벗어나고 싶었다. 그를 알고 싶었다.

"다카타 히로코는 여자가 아닙니다. 대학 다닐 때 내가 걱정을 많이 끼친 조교수님이에요. 지금은 손주까지 본 할아버지이고. 부모님이 자식 이름을 지을 때 성별에 구애받지 않고 히로코(廣湖)라고 지어서 본인은 꽤 난감해했는데 깊고 넓은 호수 같은 남자로 컸으면, 하는 바람을 담은 거지. 그럴 거면 아예 호수보다야 바다지, 하면서 넓은 바다라는 뜻의 히로미(廣海)가 낫지 않겠느냐는 것이 다카타 조교수님의 자학 개그였어. 거짓말 같으면 내 스마트폰 통화 내역이든 문자든 메일이든 다 봐도 돼. 문자나 메일을 보낼 때 뭐라고 써야 할지 고민돼서 그냥 전화로 하는 건 당신도 알고 있잖아요."

들키면 안 되는 건 다 지웠으면서, 라는 말이 목구멍까지 올라왔지만 참았다. 감사 메일은 손주가 영화를 스크린에 비추는 일을 하고 싶다고 하여 요즘에는 영사기사 일이 어떤지 물었을 때 받은 것이라고 한다.

"엄청나게 힘든 상황이라고 말씀드렸어요. 영사기사가 필요 없는 시대라는 것도."

아내가 메일을 훔쳐볼 수도 있는 노트북을 고타쓰 위에 올려놓고 외출하는 남자였다는 것을 지금껏 까맣게 잊고 있었다.

"여자한테서 온 메일이 굉장히 많았어."

"아내들은 자기 남편이 인기가 많은 줄 착각한다더니, 그 말이 사실이었어."

"나도 어쩔 수 없는 아내인걸."

"나는 그런 당신만 있으면 돼요."

약간 화난 목소리로 덧붙인 "고생은 시키고 있지만" 하는 말은 못 들은 척하고, 맥주를 가지러 부엌에 갔다. 주방 매트의 모서리를 밟았지만 이제는 말려 올라가지 않았다.

사유미는 코를 훌쩍이지 않도록 주의하며 있는 힘껏 활짝 웃으며 맥주를 건넸다.

"미안, 좋아해."

"갑자기 왜 그래?"

이 한마디 말을 하고 나면 무슨 일이 일어날지 짐작되는 행복을 자신의 두 눈으로 보면서 사유미는 다시 한번, 이번에는 천천히 남편에게 고백했다.

──미안해, 어떻게 할 수 없을 만큼 좋아해.

5

꿰매기

7월의 잡초가 얼마나 폭력적으로 자라는지 상상해 본 적도 없다.

"한 번은 우리가 정리를 하긴 했는데, 앞으로 계속 이러면 서로 불편하잖아요."

일주일 전에 본가 옆집에 사는 노부부 중 부인의 연락을 받고 노부요시는 전화기에 대고 연신 고개를 숙여야 했다.

어머니 데루가 떠난 뒤 본가는 지금 부지 경계석이 어디에 있는지도 모를 만큼 잡초가 무성하게 자랐다고 한다. 그리 큰 집도 아니고 정원이라고 해 봐야 반 평 크기의 땅에 불단 용 꽃이 두세 종류 심어진 것 외에는 자갈이 깔려 있다.

옆집 주인은 무성한 잡초가 경계를 넘어 여간 불편한 게 아니라고 한다. 잘 상상이 가지는 않아도 어머니가 돌아가신 뒤 1년 동안 방치한 이쪽에 잘못이 있는 것만은 확실했다.

잡초가 무섭도록 자란 것과 반상회 일이 얼마나 힘든지 하는 이야기, 그리고 빈집이 늘어 동네 분위기가 뒤숭숭하다는 넋두리를 한 시간 가까이 들었다. 노부요시는 전화를 끊기 전에 이미 결론을 내렸다.

본가의 전기와 수도는 모두 끊어 놓은 상태다. 빈집 옆에 사는 노부부도 잡초뿐인 땅과 그 주인에 대한 불만으로 가득한 아침저녁이 지겨울 것이다.

본가를 처분할 때가 온 것이다.

나고 자란 집이지만 감상보다는 이웃의 고충부터 해결해야 한다는 쪽으로 의식이 기울었다. 1년간 방치해 둔 집이 도대체 어떻게 되어 있는지 상상하기를 주저하면서 곧바로 부동산에 전화를 걸었다.

부동산에서는 먼저 주변 상황을 조사한 다음 견적서를 들고 찾아뵙겠다고 했다. 그로부터 일주일이 지났다. 노부요시는 조금 전까지 부엌에 있던 사유미를 떠올렸다. 본가를 팔겠다는 결심을 밝힌 뒤 그녀는 한 번도 그 이야기를 꺼낸 적이 없으며 오늘도 아무렇지 않은 얼굴로 냄비와 접시를 닦고 있었다. 점심은 '사유미풍 나폴리탄'이었지만, 어디가 사유미풍인지 묻는 노부요시에게 장난기 어린 표정으로 "면으로 된 산을 무너뜨리면 반숙 달걀이 나와" 하고 대답했다.

사유미는 설거지를 마친 뒤 드러그스토어에 볼일이 있다며 나갔다. 날씨도 나쁘지 않으니 내키면 서점에 들렀다 온다고 한다. 그것이야말로 자신보다 부모를 일찍 여읜 노부요시에 대한 '사유미풍'의 배려였다.

토요일 오후, 대하드라마 재방송이 끝나고 있었다. 이제 조금 있으면 부동산에서 올 시간이다. 괜히 안절부절못하고 있다 집 안에 음식 냄새가 가득한 것은 아닌가 싶어 창문을 열었다. 어제까지 흐렸던 하늘이 오늘 일어났을 무렵에는 옅은 하늘색으로 물들어 있었다.

하늘에도 미련이라는 것이 있을까. 창가에 멍하니 서 있는데 아침과 마찬가지로 비를 뿌리다 만 빛깔이다. 옅은 구름이 창문을 반쯤 가로질러 갈 무렵에 초인종이 울렸다.

태양부동산에서 온 야마모토는 노부요시보다 체격이 약간 작은 남자였다. 영업이라는 직종은 혈색 좋은 얼굴이어야 고객에게 안심감을 주는 걸지도 모른다. 야마모토의 머리 모양이 최신 유행하는 스타일이 아닌 것과 정장을 차려입지 않은 것이 노부요시의 긴장을 적당히 풀어 주었다.

고타쓰 이불을 치운 테이블에 마주 앉았다.

"저희 부동산을 찾아 주셔서 고맙습니다."

견적이 나왔다고 한다. 토지 및 건물의 평가를 일임하는 방향으로 부탁해 두었다. 야마모토는 경박해 보이기 직전의 아슬아슬한 각도로 양쪽 입꼬리를 올리고 말했다.

"상당히 좋은 조건으로 거래할 수 있지 않을까 하는 것이 저의 첫인상이었습니다."

그는 태양부동산 이름이 인쇄된 하늘색 봉투에서 서류를 꺼내더니 설명할 순서대로 다시 정리한 뒤 테이블 위에 올려놓았다. 봐도 모르겠는 숫자가 죽 나열되어 있다.

"최대한 빠른 시일 내에 팔 수 있는 금액이라는 것이 있거든요. 인근 땅값이 떨어지고 있는 상황을 감안해서 말씀드리자면, 이 가격은 상한에 가깝게 설정한 겁니다. 너무 높으면 시간의 경과와 함께 떨어지는 폭이 매우 커져서 공연히 가치가 떨어질 것도 고려해야 하니, 이 정도 가격이라면 잘 팔리는 가격대에 아슬아슬하게 들어갈 수 있을 것 같습니다."

노부요시는 이런 협상에는 소질이 없다. 말없이 숫자를 보고 있자, 야마모토의 머리가 1센티미터씩 다가오는 듯한 기분이 들었다.

"저희 부동산은 토지를 찾으시는 분들께도 의뢰를 꽤 많이 받고 있습니다. 수요와 공급의 균형에 의한 적정 가격이라고 생각해 주시면 감사하겠습니다."

에둘러 말해 몹시 탐내는 의뢰인은 없다, 라고 말하는 셈이었다.

역에서 도보 10분, 40평, 건폐율 40퍼센트, 도로 측 8미터, 건축 42년 건물 있음.

파는 쪽에는 불리한 조건을 늘어놓으면서 매입할 사람에게

는 더 좋은 정보를 제시하는 것이 아닌가 하는 생각을 했다
가 떨쳐 버렸다. 당연하잖아, 하는 말을 삼켰다. 노부요시는
말없이 숫자가 나열된 서류에 시선을 떨어뜨렸다.

야마모토가 "궁금한 게 있으시면 얼마든지 물어보십시오"
하고 자비로운 목소리로 말했다.

토지 가격: 250만 엔.

매각 조건: 갱지.

이것이 적정 가격이라고 하니 그런가 싶기도 하지만, 매각
조건에 갱지라고 되어 있는 것이 마음에 걸렸다. 이것이 무
슨 뜻인지 물었다. 야마모토가 고개를 한 번 끄덕이고는 술
술 대답했다.

"토지는 그렇다 쳐도 건물 본체에는 값을 매길 수가 없다
는 뜻입니다. 건축 연수로 봐도 집 자체를 원해서 구입하는
고객은 극단적으로 적을 것이라 판단했습니다. 이런 경우 매
각 시에 갱지로 만드는 것을 적극 권장하고 있습니다."

"집을 싹 밀고 공터로 만들어서 팔라는 건가요?"

"네, 매입자가 나타난 시점에 공터로 만드셔야 합니다."

누가 해야 하느냐고 묻자, 매각하시는 분입니다, 라는 대답
이 돌아왔다.

"나지라면 매입한다는 설정으로 가격을 정했으니까요."

노부요시는 매각하는 사람이 자신이라는 것을 떠올렸다.

생각해 보면 눈앞에 있는 사람은 노부요시가 중개 수수료를 지불해야 본가 토지를 팔아 주는 업자인 것이다. 토지 가격이 250만 엔이긴 해도 거기에서 중개 수수료와 갱지로 만드는 비용을 빼면 도대체 얼마가 남는단 말인가. 남자에게 조심스럽게 물어봤다.

"측량비도 있으니 대략 100만 엔이 조금 안 될 겁니다. 갱지로 만들 경우 공사를 맡을 업자에 따라 다르겠지만요. 아는 곳이 없으시면 저희가 소개해 드릴 수도 있습니다."

100만 엔이 조금 안 된다──.

바로 수긍할 수가 없었다. 250만 엔의 물건을 팔 때 그 돈이 몽땅 손에 들어오는 줄 아는 자신의 순진한 생각이 경악스러웠다. 불쾌한 침묵이었다. 야마모토가 자신의 모습을 세세히 관찰하고 있다는 것도 영 마음이 불편했다. 순간 여기가 자신의 집이 아닌 듯한 기분마저 들어 노부요시는 "으음" 하고 겨우 신음만 흘렸다.

노부요시의 망설임에 재차 쐐기를 박듯이 그가 말했다. 입이 마르고 닳도록 반복해 왔다는 것을 알 수 있는 자연스럽고 매끄러운 말투였다.

"정 고민이 되시면 다른 부동산에서도 견적을 받아 보시면 좋을 것 같습니다. 손님의 물건에 이 정도 가격을 매길 수 있는 곳은 저희뿐이라고 생각하지만요. 만 엔이라도 높게 부르는 부동산은 많이 있겠지만, 처음부터 솔직하게 말씀드린다는 것에 저희는 큰 자부심을 갖고 있습니다. 팔리지 않은 채 1년간 놔두면 그만큼 경비와 세금이 드는 것이 부동산입니다. 팔려고 결심했을 때가 길일(吉日)이라 믿습니다."

노부요시는 결국 그 자리에서는 대답을 피했다. 100만 엔이라는 현실적인 금액을 제시받은 것으로 자신들 부부가 그 돈을 어떻게 쓸지가 순식간에 보였기 때문이다. 더 넓고 경치 좋은 집으로 이사하는 자금과 미래를 대비한 저축에 써야겠다고 생각했지만, 이 금액을 빼면 선택의 폭이 좁아질 뿐 아니라 만족스러운 결과를 도저히 얻을 수가 없다. 생각해 보면 처음에 전화를 걸었을 때부터 금액에 관련된 이야기는 없었다. 그것이 이쪽의 '약점을 잡히면 안 된다'는 생각과, 업자의 '꼬투리 잡힐 만한 언급은 하지 않는다'는 방침의 타협점이었던 것이다.

"아내와 상의해 볼게요."

야마모토는 싫은 내색 하나 없이 "물론 그러셔야죠" 하고 고개를 힘껏 끄덕였다.

"이웃에 사시는 분들의 정보도 참고해서 더 좋은 조건의 매각처를 찾도록 저희도 성의껏 노력할 테니 모쪼록 저희 부동산을 믿어 주셨으면 좋겠습니다. 인터넷이나 정보지에 게재하기 전에 매입하겠다는 사람이 나서면 그만큼 서로의 부담도 적어지니까요."

　옆집 노부부가 머릿속을 스쳤다. 설령 그들이 산다 해도 잡초를 관리해야 하는 마당의 면적만 늘어날 뿐이다. 태양부동산이 제시한 금액은 이미 노부부의 '사지 않겠다는 의향'을 근거로 한 것이었다.

　야마모토가 가고 나서 한 시간쯤 뒤 사유미가 양손에 카레 재료와 비디오 대여점 봉투를 들고 들어왔다. 둘이서 만들고 둘이서 먹는다. 안심이 되는 한편 본가에 매겨진 값이 머리에서 떠나지 않는다.

　띄엄띄엄 말하는 사이 카레가 완성되었다.

　"그래서 솔직히 어떻게 하고 싶어?"

　한창 먹던 도중 직구로 날아든 질문에 노부요시의 목에 감자가 걸렸다. 발포주로 흘려 넘긴다.

　"좀 더 비쌀 줄 알았어."

　"태어난 집을 팔다니 어떤 기분일까, 잠깐 상상해 봤어."

　"딱히 이렇다 할 기분 같은 건 없어. 감상적인 것보다도 냉엄한 현실이 보인다고나 할까."

　안타깝다는 말을 사용하면 이번에는 사유미가 마음을 쓸 것이다. 자신이 조금이나마 '김칫국'부터 마셨다는 사실을 알리고 싶지 않았다. 아내를 상대로 체면을 세우고 싶지는 않지만, 체면을 세울 상대가 아내밖에 없다. 스스로에게 환멸을 느끼는 것은 괜찮지만 아내에게 걱정을 끼치기는 싫었다.

거의 동시에 식사를 마치고 사유미가 접시와 숟가락을 정리하기 시작했다. 토요일 밤의 소소한 즐거움은 둘이서 느긋하게 영화를 보는 것이다. 부동산 이야기에서 벗어난 것에 안심하고 오늘은 뭘 빌려 왔는지 물었다.

"좀 에로틱한 영화" 하고 사유미가 대답했다.

노부요시는 평정을 가장하며 "어디, 어디" 하고 비디오 대여점 봉투를 열었다. 사유미가 주말의 작품으로 고른 것은 《파리에서의 마지막 탱고》였다.

"예술이냐 외설이냐, 그 영화구나."

"유명한데 아직 못 봐서. 명작 영화 코너에 있었어."

"베르톨루치 감독이 서른한 살에 찍은 걸작이지."

캔 추하이를 챙겨서 거실을 어둡게 하고 DVD 플레이 버튼을 눌렀다. 베르톨루치 영화 특유의 마른풀 빛깔 영상이 흘러나왔다.

낡은 아파트에서, 아내를 잃은 중년 신사와 결혼을 앞둔 젊은 여자가 만나 서로의 육체를 탐닉하면서 마음속 어딘가에서 그 과정을 비웃는다. 마지막까지 진심이 어디에 있는지 알지 못하기 때문에 언뜻 엿보이는 진심이 얼마나 무서운지 전하는 영화였다고 기억한다.

마지막 장면에서 "말도 안 돼" 하고 작게 외친 사유미의 어깨를 감싸 안았다.

"그리 에로틱하지는 않네. 오히려 많은 생각이 드는 영화였어."

여기서 아내에게 어떤 것을 기대했는지 묻는 것은 조금 야비한 기분이 들어 추하이를 하나 더 마셔도 되는지 물었다. 사유미는 노부요시의 품에서 쓱 빠져나가 냉장고에서 추하이를 두 개 꺼내 왔다. 그러고는 다시 그의 품속에 쏙 들어와 중얼거렸다.

"낡은 집도 좋을지도 모르겠어. 영화 속 아파트처럼 내 손으로 공간을 만드는 재미가 있으니까."

무슨 뜻인지 알아차린 것은 사유미가 내일 본가에 가자고 말했을 때였다.

"그 집 되게 지저분해. 몇 번 데려갔잖아. 벌써 1년이나 방치해서 도저히 들어갈 수 없을걸."

옆집 노부부가 보기라도 하면 어쩌나 하는 생각도 스친다. 실은 그 점이 가장 걸린다. 사유미가 몸을 웅크리며 "괜찮대도" 하고 다시 말했다.

"난 그 집이 참 좋았는데. 어머님이 늘 돌아가신 아버님과 함께 있다는 생각으로 사셨던 게 느껴졌거든. 같이 슈퍼에 갔을 때 왠지 그런 생각이 들었어. 어머님은 줄곧 그 집에서 아버님과 함께였어."

132

"어떻게 그런 것까지 알아?"

"식료품을 매번 2인분씩 사셨잖아."

혼자서 다 먹지 못할 만큼 많이 장을 본 것과 폐기한 식료품이 죽은 아버지 몫이었다는 말에 숨이 턱 막혔다. 1년 전 어머니의 임종을 지키지 못한 사실이 노부요시의 몸속을 휩쓸고 지나갔다.

지독한 불효를 했다고 생각하거나 그것이 어머니 데루와 자신다운 이별이었다고 생각하거나 했다. 지난 1년간 나뭇잎이 산들거리듯이 그 생각들을 마음속에 떠올렸다가 흘려보냈던 것이, 집의 처분을 계기로 노부요시를 비난하고 있었다.

사유미가 화면 속 엔딩크레딧으로 시선을 옮기고 노부요시에게 어깨를 내맡긴다.

"우리 내일 가 보자."

"가서 어쩌려고?"

잠시 뜸을 들인 뒤 사유미는 "가능하면 살아 보고 싶어"라고 말했다.

《파리에서의 마지막 탱고》가 관능적인 영화에 그쳤다면 이런 대화는 찾아오지 않았다. 영상과 기분이 한껏 무르익었을 때 사유미를 안았을 것이다.

그리고 베르톨루치 감독이 사용한 블리치 바이패스 기법(필름을 현상할 때 은 입자를 세척하지 않고 남기는 기법으로, 은 입자가 화면의 채도를 떨어뜨려 어둡고 거친 화면이 표현된다.)처럼 쾌락의 막을 남기는 일에 공들였을 것이다. 서로의 몸의 뜨거운 곳을 지나쳐 간 뒤에는 영화 이야기로 오늘의 문을 닫았을 것이다.

컬러 영상인데도 흑백의 인상을 남기는 기법이 있는데 그 것을 세계 최초로 사용한 것이 일본인이었다는 지식까지 덤 으로 알려 주고, 아내의 입에서 "와, 정말? 몰랐어" 하는 말 을 유도하고는 흐뭇해했을 것이다.

하지만 오늘 밤 《파리에서의 마지막 탱고》를 본 사유미 의 말은 1년간 방치한 본가에서 '살아 보고 싶다'는 것이었 다. 영화에 낡은 아파트가 나오는 것은 맞지만, 결의와도 같 은 그 한마디에 노부요시도 밀리는 모양새다.

"쉽게 말하네."

"있을 수 없는 일도 아니잖아."

이사비를 아껴서 부엌과 욕실, 화장실을 리모델링하고, 직 접 할 수 있는 일은 시간을 들여서라도 해 보자는 제안에 더 욱 쩔쩔맸다.

"둘이서 벽지도 바르고 다다미방을 마루방으로 만드는 거 야."

"힘들지 않을까?"

"나는 상상만 해도 무척 즐거워."

DVD 플레이어의 전원을 끄자 TV 화면이 지상파로 바뀌었다.

홋카이도의 일기예보는 전국적으로 맑음 기호다. "역시" 하고 사유미가 기세등등하게 말했다.

"내일 가서 창문 열고 환기시키고 오라는 거네. 날씨까지 도와주잖아."

가벼운 웃음소리를 가슴 언저리에서 듣고 있었다. 노부요시는 "그렇게 간단한 일이 아니라니까" 하고 중얼거렸다. 기대에 부푼 사유미를 보니 자신의 마음속 움푹 팬 곳이 서서히 메워지고 있어 난감했다.

1년이 되었구나, 하고 소리 내어 말하고 나서 놀랐다.

단층 주택인 본가는 옆집과의 경계까지 무릎 높이의 잡초에 둘러싸여 있었다. 작년에는 자갈이 보였던 곳도 온통 풀로 가득하다. 한눈에 봐도 빈집임을 알 수 있는 건물은 시간을 멈추고 주변 풍경을 어둡게 잡아당긴다.

작년 10월, 눈이 쌓이기 전에 집 안을 대충 정리했다. 수도와 전기를 끊는 절차를 모두 마치고 난 뒤에는 전혀 신경을 쓰지 않고 있었다. 빈집인 채 한겨울을 난 집은 벽 페인트가 얼룩덜룩 벗겨져서 한층 더 추레해 보였다.

사유미가 시키는 대로 옆집에 작은 과자 상자를 선물했다.

현관 앞에 나온 노부인이 노부요시를 보더니 얼마 전에 전화로 하소연한 것은 잊었다는 듯이 반가워했다. 노부인은 쑥스럽게 웃으며 신발장 위에 놓인 고양이 장식물을 바라보았다.

"돌아가셨을 때 아무런 도움이 못 되어 미안하게 됐네. 오랜 세월 이웃사촌이었는데 그때는 정말 미안했어."

"저야말로 여러모로 미흡한 탓에 폐를 끼쳤습니다."

데루가 이웃집 노부부에 대해 좋지 않게 말한 기억은 이때 잊기로 했다. 이미 어머니의 말을 곧이곧대로 믿는 순수함은 남아 있지 않다.

사과의 뜻을 겸한 과자 상자를 받고 그녀는 몹시 기뻐했다. 들어왔다 가라는 권유를 부드럽게 거절했다. 앞으로는 잡초 문제로 성가시게 하지 않겠다는 말과 함께 머리를 숙이자, 노부인의 눈이 주름살에 파묻혔다.

어렸을 때 기억이나 부모에 대한 일처럼 내면의 감정을 자극받는 쪽이 잡초를 뽑는 것보다 훨씬 성가셨다. 인사를 마치고 심호흡을 했다.

본가의 문은 어렸을 때보다 더 묵직했다. 열쇠로 현관문을 연 다음 우두커니 서 있기만 하는 노부요시에게 뒤에서 사유미가 왜 그러느냐고 물었다.

신발을 가지런히 놓고 거실로 들어갔다. 거실 한가운데에 섰더니 상상 이상으로 냄새가 났다. 하수 냄새, 벽과 바닥에 배어든 생활취. 가족이 남겼다는 생각만으로도 견디기가 힘들고 숨 쉬기가 망설여지는 냄새였다.

아침에 일어났을 때 아버지가 신문을 읽던 자리, 데루가 TV를 보던 자리. 아버지에게 혼난 이유는 잊었으면서 그날 저녁 반찬이 두부였던 것은 기억한다. 가정방문을 나온 담임이 노부요시의 학교생활에 대해 알리면서 "요즘 세상은 착하기만 해서는 살아갈 수 없습니다" 하고 말했을 때의 마룻바닥의 삐거덕 소리마저 기억났다.

불단의 문은 닫혀 있고 다리 접힌 테이블은 장지문에 기대 세워져 있다. 부엌 겸 거실 5평과 불단을 모신 방 3평. 현관 옆의 2.25평 크기의 방은 원래 노부요시의 방이었지만 창고방으로 쓰인 지 오래다. 지금은 뭐가 들었는지 상상하기만 해도 몸 구석구석이 가렵다.

대학 진학과 동시에 아르바이트를 구하여 무작정 혼자 나가 살기 시작했다. 아버지와 어머니를 존경한 적도 없다. 못 배운 아버지와 성격이 비뚤어진 어머니. 사유미는 그런 두 사람을 죽어서도 함께한 부부라고 한다. 저 좋을 대로 해석하지 않았으면 하는 동시에 '정말 그랬으면 좋겠네' 하는 마음도 든다.

사유미가 커튼을 걷어 창문을 열었다. 가느다란 햇살이 들어왔다. 1년 내내 어둑어둑한 집의 창문에서 보이는 것은 옆집 정원에 듬직하게 자리한 무성한 솔잎과 진달래꽃이다. 꼭 닫혀 있던 집 안의 공기가 움직이며 먼지가 앞다투어 흩날리기 시작한다.

벽이며 바닥에 배어든 냄새는 두 사람의 집에서 나는 그것과 완전히 달랐다. 남의 집이 아닌 까닭에 혐오감이 앞서 도저히 진정되지 않는다.

부엌에 가 보니 빛나는 법을 잊은 스테인리스에 물때와 검은곰팡이가 끼어 있었다. 생전에 데루가 손질을 게을리 한 집은 겨우내 방치했을 뿐이건만 마치 10년은 빈집이었던 것처럼 엉망이 되어 있었다. 어젯밤에 한 말을 취소해 주기를 기대하면서 사유미에게 물었다.

"내가 뭐랬어? 여기서 살다니, 무리야."

"그런가."

작년에 벽걸이 달력과 온천 기념품인 목각상, 세탁기 속에 있던 옷가지라도 버린 것은 잘한 일이었다. 그렇게 가슴을 쓸어내리면서 정작 지금 생각해야 할 것을 하지 못하는 꺼림칙함 탓에 시선을 어디에 둬야 할지 몰라 헤맸다.

그래도 이제는 자신을 속박하던 굴레에서 벗어나겠구나 싶은 참이었다. 사유미가 불단 문을 열었다.

"여기 살아서 어쩌려고."

돌아보는 아내의 얼굴을 보고 아차 싶었다. 질문하면서 말

끝을 내린 것이 실수였다. 변명을 삼키는 것이 고작이라 둘
러댈 말도 떠오르지 않는다.

"살아 보고 나서 생각할래."

그 대답에 한 점의 그늘도 느끼지 못하는 자신은 분명 이
여자를 아직 잘 모르는 것이다. 출렁출렁 물결치는 마음의
어딘가에서 과연 이 집에서 아내를 안을 수 있을까 하는 생
각도 들었다. 성가신 것은 남도, 사유미도 아닌 노부요시 자
신이었다.

"내 입장에서는 처분해야 마음이 홀가분하거든."

"뭐로부터 홀가분해지고 싶은데?"

사유미의 질문에 곧바로 대답하지 못하는 시점에서 이미
노부요시의 패배였다. 사유미가 불단을 등지고 노부요시를
향해 돌아섰다.

"내 입장에서 단층 주택은 분에 넘치는 호화로운 집이라고
생각해."

사유미가 꿈꾸는 내일은 옆집 문제의 수준을 가뿐히 뛰어
넘었다. 노부요시는 여기서 살면 월세 부담이 없다는 것을
알면서도 곧바로 입 밖에 내지 못했다. 게다가 말이야, 하고
사유미가 계속했다.

"당신이 자랐던 집에서 한번 살아 보고 싶어."

폐기 작업은 노부요시가 하면 된다. 사유미와 함께라면 사

소한 사고가 일어나도 즐거울지 모른다. 벌레가 기어 다닐 것 같은 카펫과 다다미를 싹 걷어 내고 불단을 제외한 물건은 처분하고 사유미의 말대로 벽지를 새로 바르면 살 만한 공간으로 바뀌지 않을까.

곧바로 알겠다고 대답하면 될 것을 이상한 허세가 발동해 방해했다. 결국 노부요시가 이사를 승낙한 것은 이틀 뒤였다.

내일 이사를 앞두고 노부요시는 마지막 점검을 하러 본가로 향했다.

지난 사흘간 빌라에 있는 물건을 정리하고 짐을 꾸려 놓았다. 그러나 본가에서는 잡초 베기를 포함해 아침부터 밤까지 일주일이나 작업을 했는데도 모든 것을 다 처분했다고 하기에는 힘든 상황이었다. 부모님에 관한 것은 불단과 앨범만 남기고 모조리 버릴 작정으로 작업을 시작했지만 예상보다 훨씬 기력이 필요한 일이었다. 물건에는 빠짐없이 기억이 따라온다는 것을 잊고 있었다.

예상대로 현관 옆 작은 방은 온갖 잡동사니로 가득했다. 내용물을 다 확인하기도 지칠 만큼 낡은 옷가지가 박스마다 담겨 있었다. 버리면 쌓이고, 조금 줄였더니 또 그곳에 생활이 겹겹이 쌓여 가는 모습을 상상한다. 노부요시를 품에 안고 있는 부모님의 사진을 발견했을 때는 건드려서는 안 되는 시간을 건드렸다는 죄책감도 들었지만, 그 주변에 있는 물건을 계속 버리는 것으로 다소 옅어졌다.

아버지가 떠난 뒤 어머니가 얼마나 괴팍하게 살았는지를 남겨진 쓰레기 더미를 통해서도 알 수 있었다. 말년의 어머니는 사는 것에도 죽는 것에도 관심이 없는 듯했다.

아들과 함께 일주일에 한 번 병원에 다니는 노인의 나날이 행복했다고 하기는 어렵다. 그러나 사유미가 말했듯이 여기서 죽은 아버지와 함께 살아왔다면 어머니는 결코 고독하지는 않았으리라.

식료품을 2인분 구입하기 위해 값싼 것을 고르고, 음식도 2인분씩 만들었다가 대부분 버리는 나날을 상상해 본다. 음식물을 버릴 때의 고통보다 구입하는 것으로 죽음을 인정하지 않는 완고함을 생각했다. 혼자가 된 데루가 그 후에도 완고하게 계속 아버지와 둘이서 살았다고 생각하면 지금 눈에 보이는 이 빛바랜 풍경에도 원래의 빛이 되돌아온다.

짐을 옮기고 나서 바로 생활할 수 있도록 수도와 전기, 가스는 이미 개통해 두었다. 부엌 온수기도 새것을 주문해 놓았다. 노부요시가 말하기 전에 사유미가 어디어디에 쓰라고 건네준 돈에 크게 부족함은 없었지만 비상금에도 틀림없이 한계가 있을 것이다. 심지어 세금까지 그녀의 지갑에서 나간다. 이사하는 곳이 낡았어도 자신의 본가라는 것으로 미안한 마음을 밀어 둔다.

수고를 덜고 자존심을 버린 뒤의 고민은 사방이 타일로 도배된 욕실이었다. 간이 보일러식 욕조는 구식인 데다 옆면과 바닥에 유화용 그림물감을 덧칠한 듯한 곰팡이가 피어 있었다. 창문을 활짝 열고 곰팡이 제거 작업을 해도 청결과는 거리가 멀었다.

"이참에 배스 유닛(욕조, 벽, 바닥, 천장, 세면대, 변기 등을 방수 소재로 공장에서 만들어 현장에서 조립하는 욕실 시공)으로 싹 바꿀까?"

그 말에 시험 삼아 견적을 받았더니 과연 사유미도 입을 다물 만큼 어마어마한 금액이 제시되었다. 지어진 지 42년 된 건물에는 철거비가 들지언정 부동산 가치라고는 전혀 없다. 하나 손대기 시작하면 한도 끝도 없을 것 같았다.

새로운 생활, 정들면 고향. 요 며칠간 사유미는 그 말을 주문처럼 반복해서 읊었다.

고맙게도 옆집 노부부는 사유미가 마음에 든 모양이다. 간호사임을 알고 여러 가지로 의지하고 싶어 하는 마음이 훤히 보여도, 사유미는 "원래 그런 직업이잖아" 하고 대수롭지 않게 여겼다.

결국 욕실은 간이 보일러만 교체하는 것으로 만족하기로 하고, 벽에 시트지도 둘어서 새로 발랐다. 욕조 곰팡이를 긁어 없애고 스프레이식 페인트를 뿌렸다.

낡은 다다미를 걷어서 버리고 홈센터(각종 자재, 인테리어 제품을 전문적으로 취급하는 대형 판매점)에서 배달된 마루를 까는 것까지는 좋았다. 그러나 마룻바닥이 삐거덕대는 소리가 커지는 바람에 두꺼운 우레탄을 빈틈없이 깔아야 했다. 예정에 없던 비용이 발생한 것이다.

"계획대로 되는 건 하나 없고 죄다 급한 대로 땜질만 하는 것 같네."

누구에게랄 것도 없이 중얼거렸다. 노부요시는 적어도 부엌만큼은 바로 사용할 수 있도록 해야겠다며 싱크대 문을 열었다. 오늘 내쉰 것 중 가장 큰 한숨이 새어 나왔다.

솥이며 냄비 종류는 몽땅 버린 줄 알았는데 어이없게도 여기를 까맣게 잊고 있었다. 탄 알루미늄 냄비, 낡은 쇠 주전자, 냄새의 근원일 터인 기름거르개. 마구 처박혀 있는 것을 묵묵히 쓰레기봉투에 옮겨 담았다.

냄비, 소쿠리, 스테인리스 볼. 그 밑에 노란 틴 케이스가 모여 있었다. 잡동사니 속에서도 몇 개인가 찾아낸 '비둘기 사블레' 틴 케이스다. 부모님에게 가마쿠라 특산품을 보낼 만한 지인이 있었던가, 짚이는 사람이 없다. 모든 케이스마다 팔 것 같지도 않거니와 사고 싶지도 않은 수예품과 오래된 단추, 실과 바늘이 들어 있다.

이렇게 깊은 데까지——.

안쪽 깊은 곳에서 틴 케이스를 끄집어내려 하는데 뜻밖의 묵직함에 손을 거두었다. 잠시 노려본 뒤 숫돌 같은 것이 들어 있으려니 하며 바닥으로 끌어냈다. 숫돌치고는 유난히 무거웠다. 바닥에 내려놓을 때 차르륵 하는 금속음이 울렸다. 5킬로그램 이상은 나갈 것 같았다. 노부요시는 조심스레 비둘기 사블레 틴 케이스 뚜껑을 열었다.

안에 든 것은 전부 오백 엔짜리 동전이었다.

얼마나 들어 있을까. 목젖이 위아래로 움직일 때 쓸리는 듯한 통증이 느껴졌다. 장어를 얻어먹은 날 엿본 어머니 지갑 속의 포개어진 동전이 스친다.

바닥에서 일어나 페트병 차 음료를 벌컥벌컥 들이켰다. 갈증은 조금도 가시지 않았다.

장롱 예금이라는 말을 들어 본 적은 있어도 어머니가 그런 일을 할 만한 사람인 줄은 몰랐다. 어머니가 죽은 지 1년이 지났는데도 믿기지가 않았다. 눈앞에 있는 과자 케이스 한가득 들어 있는 오백 엔 동전을 보고 있으니, 여기에 하나둘씩 쌓여 가는 동전을 딱히 들여다보지도 않고 내버려두었을 심드렁한 어머니 모습도 보인다.

노부요시는 부엌 한가운데에 쓰레기봉투를 깔고 과자 케이스를 옮겼다. 책상다리를 하고 앉아 동전을 스무 개씩 쌓아서 죽 늘어놓았다. 더러 백 엔짜리가 섞여 있기도 했다.

어쩌면——, 아니 냉정해져야 한다. 일단 진정하자.

덤덤히 세어 보려 했지만 이따금 본심이 홀랑 고개를 내밀었다.

만 엔의 동전 기둥이 배스 유닛의 견적에 도달할 기미를 띠었을 무렵 케이스 바닥도 보이기 시작했다. 한 손으로 동전을 몇 개 움켜쥐자 바닥에 하얀 종잇조각이 있는 것을 발견했다. 동전을 양옆으로 헤쳤다. 종이에 쓰인 글자가 눈에 들어온다. 감정이 움직이기도 전에 가슴이 쓰라렸다.

'장례비'.

잠시 멍하니 있다가 뭐야, 하고 말했다.

이게 도대체 뭐야——.

1년 전 노부요시는 어머니가 돌아가셨는데도 눈물 한 방울 흘리지 않았다. 그런데 이제 와서 어머니가 '장례비'로 저축해 둔 돈을 보고 가슴이 미어진 것이다.

이 돈으로 아내에게 깔끔한 욕실을 선물해 줄 수 있지 않을까 하는 기대를 앞에 두고 자신이 한심한 나머지 눈물을 흘렸다. 오랫동안 어머니의 시치미 뗀 연기에 속았다는 생각도 더해져 슬픈지 기쁜지 알 수 없었다. 셔츠 어깻죽지 부분으로 눈물을 훔쳤다.

감사 인사를 할 상대는 이미 이 세상에 없다.

자신의 마음을 사과할 상대도 없다.

해어진 곳을 꿰매듯이 바로잡고 싶은 것들이 가슴에서 흘
러넘친다.

6

———

남과 여

마가목이 늘어선 공원 옆을 걸었다. 시선을 조금 올렸을 뿐인데 시야에 가을 별자리가 들어온다.

사유미는 하얀 입김을 두 개, 세 개, 하고 세면서 버스 정류장에 섰다. 기점에 가까워 늦는 일이 없는 노선버스는 노부요시의 본가로 이사하고 나서 사유미의 편리한 발이 되고 있다.

살아 보고 싶어, 하고 말을 꺼낸 사람은 사유미였다. 욕실을 공사한 뒤로 하루의 마무리가 큰 즐거움이 되었다. 시어머니가 남긴 장롱 예금에 대해 깊이 묻지는 않았고, 최근에는 욕실 청소도 좋아하는 집안일 중 하나가 되었다.

——조심히 다녀와.

——다녀올게.

아무것도 아닌 대화도 그 전과는 울림이 다르다. 친정을 나와 빌라에 살 때마다 따라다녔던 '생활 소음'의 걱정이 사라졌다.

부엌 바닥에 냄비 뚜껑을 떨어뜨려도 그 소리에 허둥지둥할 필요가 없다. 노부요시와 대화할 때도 목소리가 조금씩 커지는 것 같다. 빈방에 쌓여 있던 박스에서 스피커 세트가 나온 것도 기뻤다. 앰프를 사용하면 DVD로 영화를 볼 때 박력이 다르다.

불단을 모셨던 3평짜리 방은 산뜻한 벽지로 도배하고 침대를 놓았다. 가구점 투어 끝에 겨우 발견한 침대는 프레임이 수납장을 겸하는 수납형 침대다. 방과 거실 사이에 있던 장지문을 없애고 그 자리에 라탄 칸막이를 두었다. 완성된 침실을 보고 둘이서 "왠지 여기만 아시아풍이네" 하고 웃었다. 노부요시의 어머니가 남긴 낡고 작은 주택은 여름의 끝 무렵부터 두 사람의 성이 되었다.

갈 곳을 잃은 불단은 부엌 옆에 자리를 잡았다. 좋은 관계를 구축하지 못하고 이별한 까닭에 합장할 때마다 배 언저리에서 후회가 모락모락 피어오르지만 기도를 생활화하는 것으로 그나마 안정을 유지하고 있다.

노인 병동 당직 아르바이트를 하러 가는 밤의 노선버스에는 사유미를 포함해 승객이 세 명밖에 없었다.

옷을 갈아입고 반(半) 야간 담당자에게 인계 사항을 전달받았다. 가끔 환자가 배회하다 어두컴컴한 복도를 지나갈 때면 간호사 스테이션에서 누군가가 재빨리 살피러 나섰다.

오늘 밤 사유미가 담당할 일은 인공호흡기 착용 환자의 병실과, 이틀 전부터 검사를 위해 입원한 여든 살 여성 환자였다. 연락처는 노인보건시설로 되어 있다.

"이 환자는 몸은 좀 불편해도 입은 팔팔하니까 조심하도록."

"알겠습니다."

간호사가 고개를 살짝 기울인 것으로 보아 성가신 환자임을 알 수 있었다.

정시 순회를 하러 '나나에 하마코'의 병실에 들어갔다. 검사차 입원, 양쪽 손발의 통증과 저림, 옆으로 누워 잠, 이라고 적혀 있고 검사 결과는 보고되지 않았다.

질병이나 사람과 마주하는 일에 종사하지만 사유미는 아직 간호사 일에 적응하지 못했다. 병세에 관여할 수는 있어도 사람과는 마주하지 못하는 것이다. 소질이 없다는 말로 치부하면 지나온 시간이 너무나 무거워진다. 자신의 생활이나 성격 등을 고려해 그만두는 것도 고민해 봤지만 그런다고 해서 단번에 편해질 리도 없었다.

나나에 하마코는 머리맡 조명을 켠 채 담요를 덮고 왼쪽 골반이 위로 향한 자세로 옆으로 누워 있었다. 인계받은 대로였다. 조명 아래서 그녀는 아직 두 눈을 뜨고 있었다.

"나나에 씨, 기분은 좀 어떠세요? 돌아누우실 수 있도록 도와드릴까요?"

"새로 온 간호사님?"

"야간 담당입니다. 잘 부탁드립니다."

야간 근무는 매일 밤 다른 사람이냐고 묻기에 자신은 비상근이라고 대답했다.

"매일 이 병원에 있는 게 아니구먼."

"걱정되는 것이 있으시면 언제든지 말씀해 주세요."

"아이고, 미안해라, 그런 뜻으로 말한 건 아닌데. 돌아눕는 건 혼자서도 할 수 있다오. 엎드릴 때 여기저기 쑤시긴 해도 괜찮구먼."

그녀는 손발이 저리기 시작했을 때부터 푹 잠들지 못했다며 한숨을 내쉬었다. 목소리에 탁함이 없고 말하는 것도 또렷하다. 사유미는 "너무 참지는 마세요" 하고 늘 하는 말로 순회를 마무리하려 했다.

"결과가 나오면 검사 입원이 아니게 되겠구먼."

그녀가 혼잣말처럼 말했다. 그녀의 연락처가 시설로 되어 있던 것이 떠올랐다. 외로운 것이 아닐까, 하는 생각은 직업의식에 조금 어긋나지만, 그것이 사유미의 약한 부분이었다.

부탁이 하나 있다오——.

생각지도 못한 말에 병실의 공기가 바닥에 가라앉았다. 그린 다음 서서히 가슴 언저리까지 돌아와 누그러졌다.

"네, 말씀하세요."

그녀가 숨을 한 번 내쉬고 "앉고 싶구려" 하고 말했다. 사유미는 그 말대로 침대 등받이를 세웠다. 달의 윤곽만큼 굽은 등뼈와 가는 목으로 작고 둥근 얼굴을 들어 올린 나나에하마코는 부들부들 떨리는 팔로 침대 발치에 있던 쿠션을 끌어당겼다.

하마코가 가는 팔로 쿠션을 끌어안고 상반신을 지탱한다. 세로로 된 세계에 얼른 적응이 되지 않는지 눈을 연신 깜빡이더니 몇 초간 눈을 감고 있었다.

"손이 저려서 볼펜을 쥘 수가 없다오. 편지를 대필해 줄수 있을까?"

"대필이요?"

하마코가 쿠션 앞으로 고꾸라질 듯한 각도로 고개를 끄덕였다.

"내가 하는 말을 그대로 써 주면 된다오."

사유미는 고개를 끄덕이고는 메모용 종이를 가지고 금방 돌아오겠다며 병실을 나갔다. 호흡기 환자의 병실을 돌면 생명이 품은 슬픔이 가슴에 밀려온다. 하마코에게는 아직 할 이야기와 연락하고 싶은 상대가 있다. 그 사실이 매우 귀중하게 느껴졌다.

수간호사에게 나나에 하마코의 부탁에 대해 알리자 고맙다
는 말이 돌아왔다.

"그런 직원이 있으면 좋겠다고 늘 생각했거든."

　환자 한 명 한 명의 욕구에 부응하지 못하는 날이 쌓이면
현장 분위기도 거칠게 바뀐다. 사유미도 경험한 적이 있다.
수간호사의 말을 가슴에 새기고 클립보드에 복사용지를 끼워
하마코의 병실로 돌아갔다.

　그녀는 아까와 똑같은 자세로 쿠션을 안고 기다리고 있었
다.

"오래 기다리셨죠? 죄송해요."

"안 오는 줄 알았다오."

　그녀에게 오늘 밤 담당 간호사는 사유미 한 명이다. 사유
미는 침대 옆의 둥근 의자에 앉아 클립보드와 볼펜을 손에
들고 말했다.

"말씀하신 내용을 적어서 한번 읽어 드릴게요. 틀린 부분
이 없으면 다시 깨끗이 옮겨 적겠습니다."

　병실에 하마코의 목소리가 흐르기 시작했다.

　사유미는 그녀의 쩡쩡한 목소리에 놀라면서 놓치는 내용이
없도록 부지런히 받아썼다. 한 문장을 읊은 뒤 볼펜 소리가
멈추면 다시 한 문장. 손이 저려서 볼펜을 쥐지 못할 뿐 귀
는 거의 멀쩡하다는 것을 알 수 있었다.

계절 인사, 대필을 하고 있다는 것. 하마코의 목소리를 글로 받아 적고 있자 사유미의 내면에 있는 수면이 흔들렸다. 감정을 담지 않은 말들이 이윽고 한 여인의 정념으로 바뀌었다. 막힘없이 읊는 것으로 보아 같은 내용을 수없이 되새겼다는 것을 알 수 있었다.

와다 신고 씨에게
어느덧 가을다운 바람이 불고 있습니다. 잘 지내고 계신지요.
제가 오른손을 다치고 말아 이웃에 사는 아가씨에게 대필을 부탁했습니다. 글씨체가 달라서 신고 씨가 걱정을 하실까 봐 미리 알려 드립니다.
바람 소리를 듣고 있어도, 하늘의 빛깔을 바라보고 있어도, 이따금 불어오는 바닷바람을 집에 들여도 생각나는 것은 당신입니다. 계절의 변화는 언제나 당신의 모습을 데리고 찾아옵니다.
당신은 늘 매우 상냥했습니다. 되바라지기만 하고 조금도 여자답지 않은 제게, 신고 씨만은 따뜻한 말을 걸어 주셨습니다. 친근함에서 사랑으로 기울어 갈 때의 마음을 떠올리면 지금도 온몸이 떨립니다. 기억하시는지요, 제가 매입 개수를 틀려서 회사에 막대한 손실을 가져온 날의 일을. 상사에게

호되게 질책을 받고 아무도 저를 가까이하려 하지 않았을 때, 신고 씨만이 저를 상냥하게 대해 주셨습니다.

그렇게 열심히 하지 않아도 된다는 말에 저는 난생처음 다른 사람 앞에서 울고 말았습니다. 집안의 장녀로 태어나 병약한 부모님과 어린 동생들을 돌보기 위해 죽을힘을 다해 일해 온 저는 그날 처음으로 다른 사람의 가슴에 안겨 우는 것을 배웠습니다.

가끔 식사를 함께하자고 권해 주시는 신고 씨는, 상사는 물론 동료와도 잘 지내지 못해 회사에서 고립되어 가는 저의 단 하나의 구원이었습니다. 당신이 있었기 때문에 열심히 노력할 수 있었습니다.

첫 술, 첫 식사, 첫 밤을 지금도 어제 일처럼 생생히 기억합니다. 당신은 제게 미안하다고 하셨지만 전혀 사과할 필요 없는 일이었습니다. 저는 서른을 넘어서야 비로소 사람으로서, 여자로서의 형태를 온전히 갖추게 되었습니다. 당신을 계속 생각하는 데 그 어떤 장애도 없습니다.

그 후 서로 약간 부끄러워져서 제대로 대화하지 못한 채 시간만 흘러갔지요. 제가 용기 내어 식사를 함께하자고 말씀드릴 때면 당신은 늘 미안하다고 하셨습니다. 회사 일이 바빠진 것도 몰랐던 저를 부디 용서해 주세요.

만나지 못하는 날이 오랫동안 이어진 어느 날 저는 자회사로 발령을 받았습니다. 서류 뒤에 숨어 당신의 얼굴을 보는 날이 사라진다 생각하니 슬픔으로 쓰러질 것 같았습니다. 그날 이후 신고 씨의 댁을 여러 번 찾아갔지만 결국 초인종도 누르지 못하고 시간만 흘려보냈습니다.

열심히 일하면 다시 본사로 돌아가서 당신을 만날 수 있으리라 믿었지만 어느덧 정년을 맞이했습니다. 하지만 이렇게 달에 한 번이라도 편지를 쓰고 있노라면, 지난 시간도 당신과 함께 보낸 날들로 이어지는 것 같아 마음이 충족됩니다.

지금도 하루의 끝에는 당신도 아주 조금은 그 시간을 떠올려 주었으면, 하고 바랍니다. 우리의 찬란하게 빛나는 나날은 거센 파도와 온갖 굴레를 극복하고 언젠가 결실을 맺으리라 믿습니다.

오늘도 당신 꿈을 꿀 수 있기를, 당신이 행복하기를 기도합니다. 하마코.

노부요시가 테이블 위에서 편지를 옮겨 적고 있는 사유미의 손을 봤다.

"그거 혹시 화장지 아니야?"

"응, 이게 편지지야. 어젯밤 환자의 대필."

편지 내용을 다 읊어 낸 하마코가 "꼭 여기다 써 줘요" 하고 건네준 것이 포장된 고급 화장지 한 묶음이었다. 뜯지 않은 화장지 묶음에서는 지금의 갑 티슈 디자인과는 비교도 되지 않는 '고급스러움'이 감돌았다. 포장을 뜯고 살펴보니 화장지 한 장 한 장이 보들보들한 전통 종이를 연상케 했다. 다만 그 얇음에서 풍겨 오는 관계가 사유미를 어두운 곳으로 끌어들인다.

"요즘에도 이런 걸 파는 데가 있어?"

"대형 드럭스토어에는 가끔 팔기도 하나 봐. 없으면 주문한다더라."

두 장을 포개어 사용해 달라고 하마코는 말했다. 원래 그렇게 사용하는 것이라고 한다. 한 장으로는 쓸쓸하니까, 라고 말하며 종이보다 얇은 남자의 정을 탓하지도 않고 만족스러운 듯이 눈을 반짝였다. 늙어 가는 것에 대한 약한 소리는 일부러 하지 않기로 결심한 것 같기도 했다. 늙었음을 한탄하면 그녀에게 있어 다시 한번 신고와 보낼 수 있는 밤이 더욱 멀어지기 때문이리라.

화장지에 쓴 편지는 잘 접어서 봉투에 넣었는데도 보통 편지보다 훨씬 두꺼웠다. 뭉실뭉실 맥없이 부풀어 오른 봉투는 나나에 하마코가 무릎에 둔 쿠션과 비슷했다. 주소를 알려 줄 때도 하마코의 목소리에는 망설임이나 막힘이 없었다. 자신의 주소를 쓰지 않은 채 그저 매월 편지를 보내고 있다고 한다.

사유미가 이 편지를 바로 우체통에 넣을지 주저한 이유는 와다 신고의 주소가 자신의 집과 같은 에베쓰 시내였기 때문이다. 하마코가 입소해 있는 시설에서는 전철로 네다섯 정거장 거리다. 의지만 있으면 얼마든지 만날 수 있는 거리였다.

사유미는 봉투를 가방에 집어넣은 뒤 늦은 점심을 준비하기 시작한 노부요시와 둘이서 부엌에 섰다.

새로 단 선반에 베이지색으로 통일한 플라스틱 볼과 소쿠리가 가지런히 놓여 있다. 고리에 건 국자와 집게는 엷은 오렌지색이다.

문득 하마코가 지내 온 일상에 이런 색이 있었을까 생각해 봤다. 노부요시가 익숙한 손놀림으로 냄비에 파스타를 넣는다. 시판 소스에 통조림 토마토와 미리 볶아 둔 다진 고기를 섞는다.

사실 노부요시 옆에 있어도 간을 보거나 마실 것을 준비하는 것 말고는 도울 일이 없다. 그래도 테이블에서 그가 만든 요리를 기다리기만 하는 것보다는 즐거웠다.

"뭐 마실래?"

"허브티가 좋겠어."

도자기 찻주전자에 카모마일 찻잎을 넣었다. 찻주전자는 이 집에 남아 있던 식기를 몽땅 버리려던 노부요시의 손에서 거두어들인 것 중 하나다. 찻주전자에 낀 물때를 벗겨 보니

이가 빠진 곳도, 금이 간 곳도 없이 온전한 모양과 영롱한 빛깔이 드러났다.

사유미는 결국 시어머니의 마음을 열지 못했다. 매일 아침 불단에 뭔가를 올리는 것으로 자신이 무엇으로부터 도망가고 싶은지를 생각한다. 후회의 입구는 넓고 출구는 멀다.

노부요시는 이곳에 사는 것을 마지못해 승낙했다. 그런데 하마코와 와다 신고도 그렇고 자신들 부부도 그렇고 남자와 여자의 속마음은 알 수 없는 것투성이다.

노부요시가 간을 봐 달라고 하여 파스타 소스를 살짝 맛보았다. 그의 입맛에는 좀 달게 되었다.

"비밀 조미료로 설탕을 넣었는데, 좀 많이 단가?"

"다 티가 나는 비밀이네."

"음악 CD라도 틀까? 뭐가 좋아?"

잠시 뜸을 들인 뒤, 조용한 곡이라고 대답했다. 노부요시가 고른 것은 인디 음악계에서 활동하는 여자 가수의 앨범이었다. 피아노를 치며 부르는 노랫소리는 마치 이야기를 듣는 것 같은 울림을 주었다. 감정을 어딘가의 선반에 두고 온 듯한 느낌의 창법이었다.

"처음 듣는 것 같아."

"나도 처음 트는 것 같아."

'영화와 음악의 밤'이라는 행사 때 게스트로 초대했던 아티

스트라고 한다.

"라이브를 들었더니 그 후에 머릿속에 재생되는 곡이 전부 이 목소리였어."

사유미는 어렴풋이 질투를 느끼면서 "흐음" 하고 고개를 끄덕였다. 평탄한 길을 느긋하게 굴러가는 듯한 목소리였다.

CD의 마지막 곡을 들었을 때 역시 오늘 안에 우체통에 넣어야겠다는 생각이 들었다. '사랑의 찬가'를 이토록 조용히 노래하는 가수를 사유미는 모른다.

시계는 오후 2시를 가리켰다. 사유미는 편지를 우체통에 넣으러 가는 김에 내일 아침에 먹을 빵을 사기로 했다.

설거지를 마친 노부요시가 "나도 갈게"라고 말하고는 뭉실뭉실한 편지 봉투에 우표를 붙였는지 확인한다.

"꽤 두툼하네."

"편지지가 폭신하니까."

"그 주소, 비교적 여기서 가까워. 걸어서 20분 거리."

사유미는 정말이냐고 두 번 되물었다. 에베쓰 시내라는 것은 알았어도 걸어서 갈 수 있는 곳인가 하는 생각은 하지 못했다.

봉투를 보다 보니 사유미는 이 '와다 신고'가 지금 어떻게 살고 있는지 궁금해졌다. 하마코가 품고 있는 평생에 단 한 번의 사랑을 이 남자는 도대체 어떤 식으로 받아들이고 노령을 맞이했을까. 봉투를 들고 생각에 잠긴 사유미에게 노부요시가 다시 말을 건넸다.

"슈퍼까지 좀 돌아가긴 하는데 산책할 겸 들러 볼까?"

"괜찮겠어?"

"가끔은 많이 걸어야지."

노부요시가 먼저 현관으로 나가 운동화를 신었다. 사유미는 그 뒤를 따랐다.

"고마워."

"고맙다는 말을 들을 만한 일도 아닌데. 산책이잖아."

사유미는 가을날 오후에 둘이 함께 걷는 이유를 '사랑의 찬가'를 들은 탓으로 했다.

보온 스웨터에 코트까지 껴입은 사유미와 달리 노부요시는 청바지에 플리스 한 장이 다였다. 춥지 않느냐고 물었더니 "괜찮아"라는 대답이 돌아왔다. 정감을 담지 않는 창법과 그 목소리가 한동안 귀에서 떠나지 않았다는 노부요시의 말을 생각했다.

남편의 일상을 의심하기 시작하면 좋아한다는 말로는 성에 차지 않는 기분이 온몸에 퍼진다. 어젯밤부터 나나에 하마코의 끝없는 정념이 사유미에게 들러붙어 있다. 평지는 아직 온기를 간직하고 있지만 산간에는 벌써 눈이 내렸다고 한다.

"이 주소가 그렇게 가까운 곳이었다니."

"가깝다면 가까운 곳이지만 볼일이 없으면 갈 만한 방향은 아니야."

이사한 지 얼마 되지 않은 사유미는 자신들이 지금 역과는 반대 방향으로 걷고 있다는 것밖에 알지 못한다. 노부요시가 "옛날에는 집이 별로 없었는데" 하고 중얼거렸다. 그 말의 의미를 알게 된 것은 문 앞에 섰을 때였다.

노부요시와 사유미 앞에 절의 문이 있었다. 수목 끝에 널찍한 부지가 펼쳐져 있고 묘도 많이 있는 절이다. 약간 높게 되어 있는 곳은 도로 조성으로 인해 깎인 숲의 흔적일까.

"여기야?"

"응, 주소로 보면 여기가 맞아."

틀림없느냐는 말이 목구멍까지 올라와 얼른 삼켰다. 사유미는 절 문기둥에 표시된 주소와 편지의 수신처를 번갈아 봤다. 번지까지 똑같았다.

"절의 이름을 쓰지 않아도 배달된다는, 그런 건가."

사유미의 뇌리를 스치는 것이 하나 있었다. 와다 신고가 이곳에 잠들어 있는 것이 아닐까.

서쪽에서 비치던 햇살이 갑자기 그늘졌다. 노부요시가 "어떻게 할래?" 하고 묻는다. 사유미는 이왕 온 김에 문으로 들어갔다.

아스팔트 언덕길을 50미터쯤 올라가자 절 건물이 있었다. 심녹색 지붕, 흰 벽, 자갈이 촘촘히 깔린 본당 주변에는 잡초 하나 없다. 구석구석 잘 손질된 절의 출입구는 유리문이 이중으로 되어 있다.

문기둥 앞에서 떠오른 상상을 가슴에 밀어 넣으며 사유미는 절 입구에 섰다. 주지 스님, 혹은 이곳에서 일하는 누군가가 와다 신고이기를 빌었다.

남자는 살아 있을까, 아니면 죽었을까. 무거운 마음을 노부요시에게 털어놓았다.

"확인할지 안 할지 고민해 봤자 제자리걸음이겠지?"

사유미가 입구 문을 살살 열었다. 향과 다다미 냄새가 뒤섞인 어둑한 본당에는 쓸쓸하고 찬란한 본존 불상이 있었다.

'용건이 있으신 분은 이 버저를 눌러 주십시오.'

사유미는 고민을 떨치듯이 버저를 눌렀다.

입구 뒤에서 앞치마 차림의 중년 여성이 나타났다. 그녀가 목이 조금 잠긴 목소리로 친절하게 용건을 물었다. 사유미는 적당한 말을 고르지 못하고 결국 대놓고 물었다.

"혹시 여기에 와다 씨 계신가요?"

막연하게 주소만 가지고 갑자기 찾아온 것을 사과했다. 앞치마 차림의 여성은 의아한 표정을 지었다가 곧바로 원래의 웃는 얼굴을 하더니 본당에 올라가 기다리라고 말했다.

“본당이라니” 하고 사유미는 불안을 감추지 않고 노부요시를 올려다봤다. 노부요시는 전혀 동요하는 모습 없이 벌써 운동화를 벗을 준비를 하고 있다. 사유미도 신발을 가지런히 벗어 놓고 본당에 들어갔다.

이미 벌인춤이다. 오늘 밤에 자신의 성급한 행동을 얼마나 반성해야 할지 상상이 가지 않는다. 문득 하마코의 편지 한 구절이 떠올랐다.

‘지난 시간도 당신과 함께 보낸 날들로 이어지는 것 같아 마음이 충족됩니다.’

노인이 하룻밤의 기억을 간직한 채 죽어 가고 있다. 그 굽은 등뼈로 보아 앞으로도 손 저림이 극적으로 개선되지는 않을 것이다. 편지를 써야 한다고 생각할 때마다 하마코는 누군가에게 대필을 부탁하게 될까. 부탁받은 쪽에서 그녀가 어떤 소문의 씨앗이 되어 갈지를 상상한다.

사유미는 자신이 노부요시 외의 누구도 믿지 않고 있음을 깨닫고 잠자코 있었다.

본당은 다다미가 몇 장 깔려 있는지 세기도 번거로울 만큼 넓디넓었다. 사유미 부부는 현관 옆 구석에 앉았다. 이 절에서 위패도 모시지 않는 사람이 본존 불상에 가벼운 마음으로 다가가서는 안 된다는 생각이 들어 몸을 웅크렸다. 노부요시는 별반 긴장하는 모습도 보이지 않고 난간의 세공이 정교하

165

다며 감탄하고 있었다.

"안녕하십니까." 쩌렁쩌렁한 목소리가 본당에 울려 퍼졌다.

작업복 차림의 승려가 나타났다. 삭발 탓도 있겠지만 실제 나이를 가늠하기가 어려웠다. 예순이라 하면 그렇게 보이고, 아버지와 비슷한 연배라 해도 고개가 절로 끄덕여질 것 같다. 불경과 설법으로 단련한 목소리에는 탁함이 없고 그가 말하면 당 전체에서 목소리가 되돌아온다.

"제가 이곳의 주지입니다만, 와다 씨 일로 용건이 있으시다고요."

"주지 스님은 와다 씨가 아니라는 거네요?"

"네, 아닙니다만, 성이 와다인 사람을 몇 사람 알고 있습니다."

그러고는 어떤 와다 씨를 찾고 계십니까, 하고 물어 왔다.

사유미는 도망갈 수 없는 막다른 골목에 내몰린 심정으로 수신인의 이름을 밝혔다.

"잘 아는 분이군요" 하고 주지 스님의 입매가 부드러워졌다.

"와다 신고 씨에게 용건이 있으시면 제가 듣겠습니다. 편지를 가져오셨다면 맡아 드리지요."

주지 스님이 하마코의 이름을 언급했다.

"슬슬 도착할 때가 되었다고 생각하던 참이었습니다. 평소에는 우체부가 배달해 주었습니다만 오늘은 젊은 부부가 오셨군요. 나나에 씨에게 무슨 일이라도 있습니까?"

"편지의, 대필을 부탁받은 사람이에요. 그냥 오지랖입니다."

"나나에 씨의 편지를 대필하고 그 남자의 얼굴이 궁금해지는 것은 으음, 인정이라 할 수 있겠지요. 특별히 비난받을 일도 아닙니다. 인간 세상에는 이런 시간이 구원하는 뭔가가 있는 법입니다."

주지 스님은 자신이 과거에 하마코가 근무하던 회사의 신입 사원이었다고 말했다.

"큰 사무실에서 다 같이 사무를 보는 직장이었지요. 누군가가 상사에게 혼나면 잔물결이 이듯이 주변 사람들의 머리가 5센티미터씩 낮아지는, 제법 인원이 많은 곳이었습니다."

와다가 상사에게 보고할 것이 있어 자리라도 뜨면 하마코는 몸을 내밀고 그의 움직임을 지켜봤다. 두 사람의 관계는 회사의 모든 사람이 알고 있었다고 한다.

"나나에 씨의 자회사 발령이 발표된 날, 저도 주변 사람들과 똑같은 얼굴을 하고 있기가 싫어지더군요. 당시 주지 스님이었던 제 아버지가 하시는 설법에 나나에 씨를 초대했습니다. 언젠가 절을 이어받아야 할 저로서는 상사의 기분이나 주변 사람들의 생각 같은 것은 아무래도 상관없는 것이었지만, 아버지는 색즉시공이건 무슨 교리건 간에 알기 쉽고 재

167

미있게 풀어 놓으시는 분이셨거든요."

수확이 많아야 할 젊은 날의 시간을 원망하거나 비난하며 허비해서는 안 된다는 이야기에 깨달은 바가 있었는지 나나에 하마코는 그 설법을 듣고 차분해졌다고 한다.

"자회사로 떠나는 날, 절의 주소를 묻기에 알려 주었습니다."

하마코는 사실상 본사에서 쫓겨났지만, 새 근무지로 옮기고 나서 한 달에 한 번은 이 주지 스님 앞으로 편지를 보내게 되었다. 처음에는 덕분에 잘 지낸다는 내용이었지만 1년, 2년이 지날 무렵부터 변하기 시작했다. 와다와의 하룻밤을 회상하게 되더니 차츰 수신인도 주지 스님에서 절 이름으로, 이윽고 와다 신고로 변했다.

"우리 절에는 그 이름이 적혀 있어도 제대로 배달되도록 되어 있습니다. 언젠가 제 앞으로 온 편지에 그 편지들을 개봉하지 말고 태워 달라고 하더군요. 해마다 열두 통씩 한꺼번에 공양을 올리고 있습니다. 나나에 씨도 알고 있습니다."

불문에 들어간 그는 어떤 경우에도 그 한결같은 마음이 길을 헤매서는 안 된다고 생각하여 나나에 하마코의 편지를 계속 받아 주었다.

하마코가 편지지로 화장지를 사용한 것은 자신을 다정하게 대해 준 남자가 관계가 끝난 뒤 부드러운 손길로 몸을 닦아

준 추억 때문이었다.

"와다 씨는 지금 어떻게 지내고 있나요?"

하마코의 굽은 등이 사유미의 머릿속을 스치고 지나갔다. 주지 스님은 고개를 가로저었다.

"그것은 알 필요가 없는 것 아니겠습니까."

주지 스님은 남자와 여자에게는 어떻게 해도 메워지지 않는 큰 골이 있고, 그 때문에 많은 사람이 그 골을 메우기 위해 고민하는 것이라고 마무리를 했다. 노부요시가 잔소리를 들은 어린아이처럼 옆에서 작게 고개를 끄덕였다. 사유미는 머리를 깊숙이 숙였다.

"편지는 두고 가십시오. 우체통에 넣는 것보다는 마음이 편하지 않으시겠습니까."

주지 스님은 하마코를 알게 된 것으로 떠안게 된 마음고생도 두고 가라고 했다.

1년에 한 번 올리는 공양을 거듭해 몇 번이고 마음에 묻어도 그녀의 연심은 변하지 않으리라는 생각이 든다. 끝나지 않는 사랑을 누군가에게 전하고 싶었던 거라 생각하면 사유미에게 대필을 부탁한 이유도 알 것 같았다.

감추고 싶은 사실도 때로는 누군가 알아주었으면 하는 욕구가 날개를 펼친다. 감추기 위해 애쓴 시간이 문득 그 몸에서 떨어져 내리기도 한다.

절에서 나와 가로등 밑을 걷기 시작했다. 옆에서 노부요시가 사유미의 보폭에 맞춰 걷는 것이 느껴진다. 해가 진 거리에 별자리 모양의 뚜껑을 씌우고 밤이 찾아왔다.

"빵 사 가지고 갈까?"

"응."

보상받는 것, 그렇지 않은 것, 찬가할 만한 사랑의 모양을 떠올려 보지만 상이 잘 맺어지지 않았다. 어제보다 나을 것 없는 두 사람의 하루하루에도 '사랑의 찬가'가 낭랑하게 흐르고 있다고 믿고 싶다.

사유미는 이 거리에 오늘 밤 다정한 바람이 불기를 기도했다.

7
———

비밀

밤중에 내려 쌓인 눈은 장딴지 중간까지 올라왔다.

갓길에 치워진 눈은 이미 사람 키만큼 쌓여 있다. 거리는 하늘과 눈 색깔로 나뉘어 있다.

온통 눈뿐인 창가에서 노부요시 쪽으로 시선을 옮기고 장인어른이 조금 쑥스러운 표정으로 말했다.

"세밑이 다가온 때에 아비가 딸의 집을 찾아가는 것은 제법 부끄러운 일이라네."

"송구합니다."

역 앞에 덩그러니 서 있는 작은 레스토랑은 노부요시가 상상한 것보다 훨씬 넓었다. 2, 3년 전에 개업했던 것 같다. 쓸쓸한 역 앞의 풍경에 눈에 띄지 않는 브로치를 하나 단 듯한 가게였다. 외식과는 인연이 없는 생활이 이어지고 있다. 상대는 장인어른이다, 긴장하는 것은 어쩔 수 없다. 장인어른은 점심 메뉴인 수제 햄버그스테이크를 주문하고 식후 음료로 홍차를 골랐다. 노부요시도 덩달아 똑같이 주문했다.

"어디서 만날까 고민했네만 검색해 보니 점심이 맛있어 보이는 가게가 있지 뭔가. 생각보다 조용한 곳이라 괜찮군 그래."

장인어른은 좀처럼 만날 일이 없는 사위에게 올해가 이제 열흘밖에 남지 않은 시점에 전화를 걸어 "가끔은 남자끼리 점심도 먹고 그러세"라고 말했다. 딸은 빼고, 라는 의미로 받아들였다.

그가 고른 약속 장소는 노부요시의 집 근처 레스토랑이었다. 이 관계의 메울 수 없는 골을 느끼며 노부요시는 눈을 치운 뒤 곧장 역 앞으로 왔다.

"이사를 돕지도, 새집을 방문하지도 않아 미안하게 생각하네."

"아뇨, 정말 송구합니다."

언젠가부터 품행이 점잖고 바른 사람이라는 생각이 들었다. 상대를 배려할 때 잘못된 방향으로 하지 않는 남자로서 노부요시는 아직 장인어른의 발뒤꿈치도 따라가지 못한다. 속상해하는 것조차 허락되지 않은 기분이 든다.

"왠지 올해는 흰 것이 많아 겨울이 이른 감이 있군. 얼마 전까지만 해도 선풍기를 틀었건만, 순식간에 첫눈을 보질 않나. 요즘에는 1년이 너무 빨라서 놀랄 지경이네."

이사하고 나서 조금은 안정되었느냐고 묻기에 "네, 덕분입니다" 하고 대답했다. 창밖에는 또다시 작은 눈송이가 푸슬푸슬 내리기 시작했다. 바람이 불지 않아 또 밤새도록 쌓일 듯하다.

종업원이 가져온 접시에는 채소 샐러드와 수제 피클이 곁들여 있고 동그스름한 햄버그가 먹음직스럽게 담겨 있었다. 테이블 위에는 포크와 나이프, 젓가락이 담긴 런치 타임용 바구니가 있다. 장인어른이 냅킨을 살짝 밀어내고 바구니 속에서 젓가락을 집었다. 젓가락을 건네받을 때 이번에도 송구하다고 말할 뻔하여 입술에 힘을 주어 참았다.

맛있는 가게로군, 하는 말에 "네" 하고 대답한다. 오늘 만난 이후 노부요시가 먼저 말을 걸거나 화제를 입에 올리는 일은 없었다. 처갓집에 갔을 때도 마찬가지였다. 사유미가 이 사람 품에서 평온하게 자란 여자라는 것을 잘 알 수 있었다.

검버섯이 피어 있어도 윤기가 도는 손등이나 오랜 세월을 함께해 왔을 시곗줄, 풀 먹인 셔츠 칼라와 단정한 스웨터까지 무엇 하나 장인어른의 윤곽에서 비어져 나온 것이 없다. 대학에서 퇴직한 뒤 재취업 권유를 계속 거절하고 있다고 들었다.

결국 무엇이 어떤 맛이었는지 모른 채 식사를 마쳤다. 식후에 나온 디저트는 가토 쇼콜라에 수제 아이스크림을 곁들인 것이다. 겨우 입 안에 달콤함을 느꼈을 무렵 장인어른이 조심스럽게 말했다.

"아르바이트를, 하고 있다고 들었네만."

"단발성이긴 하지만 한 달에 몇 번 일이 들어오긴 합니다."

온화한 목소리가 뒤따라온다.

"자네에게 부탁할 게 있네만, 괜찮은가?"

"제가 할 수 있는 것이라면."

"할 수 있다고 판단해서 부탁하러 온 걸세."

차분히 말하는 그 목소리에 뭐라 대꾸할 말이 없었다. 노부요시는 홍차를 다 마시고 다음 말을 기다렸다. 장인어른의 화법은 시야 끝에서 흔들리다 떨어지는 눈과 몹시 비슷했다.

"대학 후배 중에 영화 관련된 책을 여러 권 낸 남자가 있네만."

"영화 관련 말입니까?"

"평론이나 연구 쪽인데 이름은 오카다 구니오라네."

──그 사람 이름이라면 알고 있다.

몇 년 전 도쿄에서 홋카이도로 거처를 옮겼다고 소문으로 들었다. 행사를 기획할 때마다 강연 요청을 하고 있지만 아직 실현되지 않았다.

장인어른은 간단히 평론가의 소개를 했다. 요즘 그가 혼자서는 자료 수집과 정리, 원고 청서(淸書, 글을 깨끗이 베껴

쏨)를 벅차하며 컴퓨터 주변 지식을 따라잡지 못하는 모양이라고 말했다. 잡지 연재도 여러 편 맡고 있고 이제는 조수를 고용해야 하는 상황에 이르렀다고 한다.

그 평론가가 장인어른에게 누구 좋은 사람 없느냐고 물었고, 장인어른은 노부요시를 떠올린 것이다. 노부요시는 장인어른이 자신을 꼴도 보기 싫어하는 줄 알았는데 아니었다. 하지만 외동딸에게 생활비를 책임지게 하는 사위를 미워하지 않는다면 그것은 거짓말이리라. 그렇지 않으면 오히려 노부요시가 견딜 수가 없다.

작은 눈송이가 순식간에 많아졌다. 침묵 사이에 찾아온 그 늘진 하늘은 지금 심정과 똑같았다. 담천, 담천 하고 소리를 내며 풍경을 바꾸어 간다.

다소나마 영화를 잘 아는 사람으로 생각해 주는 것은 기쁘다. 하지만 평론과 연구를 생업으로 하는 사람에게 '감과 실천'에 의지해 익혀 온 영사 기술이 과연 도움이 될까. 바라 마지않던 일터라고 순수하게 기뻐할 수만은 없는 이 비굴함을 어쩌면 좋을까. 오랫동안 핑크 영화 관련 영사 일을 해 왔다는 말도 하지 못하고 입을 다물고 있었다.

"싫으면 기탄없이 말해 주게."

"영광스럽게 생각합니다. 장인어른 얼굴에 먹칠을 하는 일이 되지 않으면 좋겠습니다만."

솔직한 마음이 새어 나왔다. 자신의 지식이 얇음을 드러냄과 동시에 괜히 장인어른을 망신당하게 하는 것은 아닐까.

눈앞의 조용한 미소가 창문을 향하더니 다시 천천히 돌아온다.

"실은 자네 장모의 건강이 좋지 않네. 이 일이 잘 진행되면 참으로 기뻐할 걸세. 고맙네. 나 역시 자네에게 실례되는 이야기를 하고 있다는 자각은 있네. 미안하네."

"장모님께서 어디 편찮으신 겁니까?"

"새해 초에 순환기내과에 검사차 입원을 하기로 했네. 호들갑을 떨 정도는 아니니 사유미에게는 말하지 않았네. 그 아이는 어려서부터 유난히 걱정이 많아서 탈이지. 자네가 그 아이를 잘 보살펴 주고 있다는 건 나도 잘 아네. 그러니 괜히 마음 쓸 것 없네."

"죄송합니다."

장인어른의 눈빛은 여전히 부드럽다. 이 눈동자를 흐리게 하는 것도, 사유미에게 비밀을 만드는 것도, 자신이 사회에 도움이 되지 않는다는 것을 다시 깨닫는 것도 전부 다 싫었다. 창가에 쌓이는 한 줌의 눈이 속상한 마음을 덮었다.

"오랫동안 취직하지 못해 죄송합니다."

장인어른은 "그런 생각을 갖게 하려던 게 아니네" 하고 말끝을 부드럽게 늘렸다. 마치 밀려왔다 밀려가는 파도 같은 문답이다. 파장은 맞는데 끝이 없다.

손님이 하나둘 일어나기 시작했다. 계산대에서 음식값을 지불한 장인어른에게 감사하다고 말했다. 가게 처마에서 신호등이 파란불로 바뀌기를 기다렸다가 나갔다. 그칠 줄 모르는 눈이 패딩점퍼 위로 떨어졌다가 미끄러진다.

"자세한 면접 일정을 물어서 또 전화하겠네. 오늘 고마웠네. 만나길 잘했군 그래."

"조심히 들어가십시오."

노부요시는 역 개찰구를 빠져나가는 뒷모습에 대고 머리를 깊숙이 숙였다. 남자로서 평생 발뒤꿈치도 따를 수 없다는 예감이 깊어만 가지만 어색함은 처음 만났을 때보다 많이 엷어졌다.

장인어른의 또 하나의 중요한 부탁은 부디 오늘 일을 딸에게 말하지 말라는 것이었다. 노부요시는 그의 사소한 부탁에 대해 이런저런 생각을 하면서 집으로 향했다. 직장인이 퇴근하기에는 이른 시간이라 인적이 없는 철길을 따라 홀로 걸었다. 노부요시의 마음은 비밀이 하나 생겼다는 기대와 두려움 사이를 오갔다.

그날 밤 현관에서 노부요시는 귀가한 사유미의 어깨에 쌓인 눈을 툭툭 털어 냈다.

노부요시가 하는 대로 가만히 서서 기뻐하는 그녀의 모습을 보자 저도 모르게 양심의 가책이 느껴졌다. 장모님이 검사차 입원하는 것도, 낮에 장인어른과 함께 점심을 먹은 것도 입 밖에 내서는 안 된다.

노부요시는 자신이 닳고 닳은 사람인 줄 알았다. 그런데 그들에게 품은 인상이 너무나 투명해서 당황스러웠다. 민망함을 사유미의 패딩코트에서 털어 낸 눈과 함께 현관 바닥에 떨어뜨린다.

가슴속에 내려 쌓이는 것이 뜻밖에 수치심임을 깨달았다. 말랐다가 축축했다가, 굳었다가 녹았다가를 반복하는 감정이 장인어른이 말하지 말라고 당부한 일들과 포개어졌다.

면접 날은 눈이 계속되던 날씨치고는 드물게 쾌청했다. 장인어른과 만나고 사흘 뒤 노부요시는 오카다 구니오의 집을 찾아갔다. 오랜만에 입은 재킷이 조금 꽉 낀다. 하지만 면접을 보는데 스웨터와 청바지 차림을 할 수도 없는 노릇이다.

영화 관련된 에세이와 연구를 생업으로 한다는 오카다의 집은 삿포로 역의 바로 전 역에서 서쪽으로 10분쯤 걸어간 곳에 있었다. 새집이 여러 채 줄지어 있는가 하면 예스러운 건물이 드문드문 자리한 주택가였다. 이 부근이라면 제설 작업도 잘되어 있고, 웬만한 눈보라가 아닌 이상 전철과 도보로 다니는 데는 문제없을 것 같았다.

오카다의 집은 노부요시의 어머니가 남긴 집 못지않게 낡았다. 안내되어 들어간 거실 구석에는 박스가 높이 쌓여 있었다. 그의 나이는 오십 대 초반인 듯했다. 결코 돈벌이가 되는 일이 아니라며 웃으며 말하는 표정에 자조하는 기색도 없는 홀가분한 분위기의 독신자였다.

신경질적인 느낌도 풍기지만 그것이 어떤 방향으로 향하고 있는지는 그의 등 뒤로 죽 늘어선 책장을 보면 알 수 있었다. 노부요시는 나란히 놓인 책등을 처음부터 끝까지 훑어보고 싶은 충동에 사로잡히며 이 면접이 결코 나쁜 결과로는 이어지지 않으리라 예감했다.

향기 좋은 커피를 사이에 두고 테이블에 마주 앉았을 때 그는 "언제부터 올 수 있습니까?" 하고 물었다. 노부요시는 언제든지 올 수 있다고 대답했다. 장인어른의 얼굴에 먹칠을 하지 않도록 긴장하느라 뻣뻣하게 굳은 어깨에서 힘이 쑥 빠졌다. 방 한가운데를 차지한 구식 석유난로에서 그리운 연료 냄새가 난다. 주인이 취미로 운영하는 북 카페에 온 듯한 착각이 일었다.

"선배님 따님의 배우자라고 들었습니다. 따님이 초등학생일 때 한 번 동창회에서 만난 것이 전부로군요. 얼마 전에 내 전문이 아닌 분야에 대한 논평 의뢰가 들어와서 선배님 성함이 생각나 전화를 걸었지요. 시원하고 명쾌하게 아무도 모를 법한 여배우의 이름이 나와 감탄했습니다. 과연 대단하시더군요. 이번 조수 건도 그때 부탁을 드렸습니다."

"장인어른이, 여배우 이름을요?"

"에—."

오카다가 "에" 소리를 길게 뽑고는 눈을 이리저리 굴렸다. 그의 목소리가 모음을 질질 끌다가 멎었다. 커피 향기도 코끝에서 끊겼다. 장인어른과 여배우, 두 가지 단어가 잘 연결되지 않는다.

오카다가 허둥지둥 자리에서 일어났다. 의자 주변을 한 바퀴 돌더니 책장으로 걸어가던 참에 그 몸짓이 무의미하다는 것을 깨달았는지 "미안합니다" 하고 얼굴을 일그러뜨렸다.

"실은 저쪽 여배우인데."

"저쪽이라니요?"

오카다는 체념한 듯이 다시 의자에 앉아 고개를 반쯤 숙이고 "AV"라고 중얼거렸다. 감탄사인 줄 알았던 '에'는 AV의 '에'였던 것이다.

"하긴 자네는 가족이었지. 가족은 몰라도 되는데."

오카다는 "그래도 나한테 사위를 소개한다는 건 언젠가 알아차려도 별수 없다고 여긴다고밖에 보이지 않는군" 하고 고개를 갸웃거렸다.

"AV, 여배우 말인가요?"

"어쨌든 내가 경솔했어. 미안하군."

"장인어른이 그쪽에 조예가 깊으셨다니 몰랐습니다."

으음, 하고 오카다가 고개를 앞으로 홱 떨구었다. 그리고 한숨을 내쉬더니 팔짱을 낀 채 미안하다는 듯 몸을 비비 꼬았다. 그래도 말해 버렸더니 조금 편해진 모양이다.

"늘 교수라는 직함과의 갭이 흥미롭다고 생각했는데. 만날 때마다 나도 무심코 물어보게 되거든, 최근에는 경향이 어떤지. 선배님이 말씀하시면 묘하게 품격이 있어서 어느 한 방향에서 사회를 조망하는 듯한 정점관측의 재미가 느껴지더군."

오카다는 그것이 장인어른의 은밀한 즐거움일 뿐만 아니라 매우 풍부한 전문 지식이기도 하다는 것을 안다. 누가 어떤 작품에 나왔는지, 그 여배우의 데뷔작은 무엇이고 어떤 작품을 끝으로 은퇴를 했는지. 또 복귀작과 상대역 남배우는 누구였는지까지.

"그건 신작이 나올 때마다 체크하지 않으면 알지 못하는데요."

저도 모르게 말이 튀어나왔다. 장인어른이, 라기보다는 가까운 곳에 마니아가 있었다는 사실에 놀랐다. 오카다 밑에서 일을 하면 언젠가 자신이 장인어른의 은밀한 즐거움에 대해 알게 되리란 것을 예상했으면서도 이곳을 소개해 준 진의는 무엇일까.

"신작 체크도 그렇지만 시대에 따른 작품 경향에도 정통하시지. 그건 어제오늘의 취미가 아니야. 나는 영화 평론도 하고 있지만 AV까지는 섭렵하지 못했어. 언젠가 선배님께 그만한 지식이 있으면 책을 쓸 수 있다고 권한 적도 있지."

"장인어른이 뭐라시던가요?"

오카다가 씁쓸히 웃으며 고개를 가로저었다.

"그런 일에 관대한 가족을 갖지 못한 것도 자신의 행복 중 하나라고 하시더군."

노부요시는 할 말을 잃었다.

내쉰 숨이 한숨으로 들리지 않도록 신경 썼다. 가족들 몰래 성인 비디오를 감상하고 여배우의 자료를 축적하는 것도 모자라 시대 경향까지 분석하다니. 남자라는 이유로는 뭉뚱그려 설명되지 않는, 그곳에는 아무도 개입할 수 없는 장인어른만의 즐거움이 있다. 지식을 자랑하는 것은 처음부터 생각하지 않은, 살아 있다는 실감을 느끼게 하는 그의 성지인 것이다.

커피 한 잔 더 마시겠느냐는 제안에 "고맙습니다" 하고 대답했다.

노부요시는 영화 관련된 직장에서 일할 수 있다는 기쁨과, 장인어른의 뜻밖의 일면에 대해 자신의 입이 얼마나 무거운

지 시험당하는 듯한 긴장감에 휩싸였다. 가슴속에 쌓인 비밀의 층이 녹지 않기를 기도한다. 긴장을 풀면 녹은 것이 손톱 끝에서 흘러나올 것만 같다.

근무는 주말 이틀을 제외하고 월요일부터 금요일까지. 내용은 업무 메일과 전화 응대, 자료 수집과 원고 청서, 정리라고 한다.

"이 낡아빠진 집은 물론이고 부모님이 주차장도 남겨 주셨지. 자네는 표면상으로는 그 주차장 관리 회사의 사무원으로 등록돼. 나 개인의 연간 수입만으로는 도저히 조수를 고용할 수가 없거든."

어느 정도는 이야기 상대라고 생각해 주면 좋겠어, 하고 말하는 오카다의 뺨에 소년 같은 수줍음이 깃들었다. 해가 바뀌고 5일부터 출근하면 어떻겠느냐는 질문에 "잘 부탁드립니다" 하고 머리를 숙였다.

"영사기사였다고 들었는데, 삿포로 영화관인가?"

"일을 시작한 초기에는 일본제 포르노 영화 전문이었습니다. 장인어른께는 말씀드리지 않았지만요."

오카다가 표정을 무너뜨린 뒤 호쾌하게 웃었다.

"왠지 부럽군. 나는 보다시피 가정도 꾸리지 못했고 부모님도 오래전에 돌아가셔서 누구에게 뭘 숨기려 해도 상대를 찾는 것부터 시작해야 하지. 새삼 선배님이 하신 말씀에 무게가 실리는군. 자유라는 건 의외로 기댈 곳 하나 없는 거였네."

오카다가 파트리스 르꽁트 감독의 《미용사의 남편(1990년에 제작된 프랑스 영화. 원제는 'Le Mari De La Coiffeuse', 한국어 제목은 '사랑한다면 이들처럼')》의 대사를 인용했다.

——인간은 행복하기만 해서는 살아갈 수 없는 욕심 많은 동물이다.

자신도 앞으로는 단 1밀리미터라도 '미용사의 남편(아내의 벌이로 먹고사는 남편이라는 뜻의 일본어 관용구)'에서 벗어나야 한다.

극 중에서 인상적인 여주인공이었던 미틸드의 슬픈 대사가 귓가에 스친다.

——부탁이 하나 있어요. 날 사랑하는 척 연기만은 하지 말아 줘요.

장인어른의 이야기를 듣고 나니 기억 속 대사의 울림도 바뀌었다. 이대로 가다가는 아내가 떠나 버려요, 하고 누군가 귀띔을 해 주는 것 같았다. 이유는 무서워서 생각하고 싶지 않다.

일자리를 얻어 안도하는 한편 자신이 쓴 각본이 세상에 나오리라는 자그마한 꿈이 몸에서 떨어져 나갔다. 해가 바뀌면 노부요시는 생활을 위해 일해야 한다. 오카다가 제시한 월급은 사유미의 수입에는 못 미친다. 그 대신 노부요시에게 영사기사 아르바이트 일이 들어오면 무리 없는 선에서 근무 스케줄을 조정해 준다고 했다.

"주차비 관리 업무를 포함한다고는 해도 여기서 나오는 월급만으로는 생활하기가 어려울 테지. 그 부분은 유연하게 해 주면 고맙겠군."

생활이라는 말에 상반신이 기우뚱 흔들렸다. 오카다의 일을 보조하면서 각본을 계속 쓴다는 선택이 충분히 가능한데도 불구하고 노부요시는 오늘 하루를 이미 포기의 핑계로 삼은 것이다.

장인어른이 은밀한 취미를 깊이 파묻은 대신 가정의 화목을 이루어 냈다는 사실에 잠시 감상적이 되었지만 어느새 놀라움은 존경심으로 바뀌었다.

집에 가는 길에 몸이 묘하게 가벼웠다. 영화 관련 일을 할 수 있는 일터와 이제 각본을 쓸 수 없으니 영화의 무대로 나가지 못한다는 핑곗거리, 그리고 사유미와 장인 장모님의 신뢰를 한꺼번에 손에 넣었다. '북의 영화관'의 이사에게는 최대한 빨리 취직 소식을 알려야 할 것이다.

그날 밤 부엌에서 햄버그스테이크를 구우며 퇴근한 사유미에게 면접 결과를 알렸다. 고기는 품질 좋은 홋카이도산을 골랐다. 피어오르는 향기를 코로 쫓고 싶을 지경이다. 이왕 만드는 김에 역 앞 레스토랑에서 먹은 것을 흉내 내어 도톰하고 동그스름한 모양으로 해 봤다.

단기 아르바이트가 아닌 취직이라는 것을 합격 후에 알리는 소심함에 뚜껑을 덮는다. 콩소메를 데우기 시작한 노부요시의 등에, 사유미가 스웨터 너머로도 느껴지는 차가운 몸을 밀착했다. 등 뒤에서 "축하해" 하는 목소리가 들려온다.

"첫 출근은 언제야?"

"5일부터. 당신하고 똑같을걸."

사유미는 뭘 입으면 좋을지 진지하게 고민하고 있다. 직장은 자택 겸 사무실로, 처음에 일을 배울 때는 오카다에게 일일이 물어 가며 배워야 한다고 말했다. 복장은 그의 말대로 활동하기 편한 것이 좋으리라.

사유미가 부엌 옆에 둔 불단의 종을 쳤다. 돌아가신 어머니에게 뭘 어떻게 보고하려는 걸까. 좌우대칭인 가녀린 어깨와 조그만 등이 눈에 들어온다. 겨자색 스웨터는 노부요시를 만나기 전에 이미 갖고 있던 것이다. 사유미는 스웨터 세탁과 면 셔츠 다림질까지 제 손으로 하고 있다. 옷에 관심이 없는 여자가 아니다. 그동안 스웨터 한 벌을 살 때도 몇 번을 들었다 놨다 하게 만든 사람은 다름 아닌 노부요시였다.

"미안해."

사유미가 손을 합장한 채 뒤로 돌았다. 생뚱맞은 사과의 말에 잘못 들은 것이 아닌가 하는 얼굴을 하고 있다. 아니면 노부요시가 한 말이 잘 들리지 않았을지도 모른다. 두 번 이야기하기도 망설여져 노부요시는 큼직한 동작으로 다른 프라이팬에 달걀을 깨서 넣었다.

새해 첫날의 삿포로는 약간 흐린 하늘에서 이따금 가루눈이 흩날렸다. 네 명이서 장인어른과 사유미의 생일을 축하한 뒤 처음 방문하는 것이니 석 달 만이다. 선물은 가장 무난한 샴페인 한 병이다. 지하철역에서 내려 지상으로 올라오자 사유미가 걸어가자고 했다.

"영하 10도래. 그래도 바람이 없으니 좀 낫네."

사유미가 뿜어내는 하얀 입김에 대고 추우니까 택시를 타자는 말은 차마 못 한다. 몇 년 뒤 운 좋게 생활이 안정되는 날이 오더라도 소심한 노부요시는 이 눈동자에 대고 사치를 제안하지는 못할 것이다.

사유미는 어머니가 검사차 입원한다는 것을 모르는 듯하다. 장모님과 연락은 하는 걸까. 그렇다고 노부요시에게 미주알고주알 이야기하는 성격도 아니다. 횡단보도에 멈춰 서자 하얀 입김이 그대로 결정이 되어 땅바닥에 떨어진다. 바람은 불지 않지만 추위로 귀가 얼얼하다. 처갓집까지 이제 100미터쯤 남았을 때 사유미가 불쑥 말했다.

"취직한 거, 내가 말해도 될까?"

"그렇게 해. 그런데 왜?"

"그냥. 아무튼 내가 할게."

고개를 끄덕이자 입김이 뺨에 닿았다. 사유미가 집에 없을 때 장인어른 휴대폰에 전화를 걸어 무사히 채용되었다고 말했다. 이번 취직 자리는 스스로 찾은 것으로 해 두었다. 이 미안한 마음을 장인어른과 공유하는 것도 중요한 채용 조건이었다.

"그래, 상황 봐서 당신 편한 대로 말씀드려."

사유미는 "알겠어" 하고 대답하더니 몸을 가볍게 좌우로 흔들었다. 뭔가 기쁜 일이 있을 때 하는 특유의 동작이다.

처갓집 앞에 도착하자 새해 첫날의 엄숙한 기운이 감돌았다. 최근에는 문에 신년 장식을 하는 집을 찾아보기 힘들다. 이 집을 지키는 남자의 긍지가 보이는 듯했다.

"들어가자."

사유미가 초인종 앞으로 한 발 다가갔다. 노부요시도 그 뒤를 따른다. 긴장되는 것은 어쩔 수 없지만 호흡이 얕아지지 않도록 주의했다. 현관 앞에 나타난 사유미의 어머니에게 머리를 숙였다.

"새해 복 많이 받으십시오. 올해도 잘 부탁드립니다."

"언제쯤 오려나 자네 장인과 한참을 기다렸네. 새해 첫날에 맞춰 인사 올 것 없이 어제 미리 와서 하룻밤 묵으면 얼마나 좋은가."

장모님은 거기까지 말하고 자신이 인사도 하지 않은 것을 깨달았는지 허둥대며 딸과 사위를 현관 안으로 들였다.

"어쨌든 새해 복 많이 받게."

혈색도 좋고 살이 빠져 보이지도 않는다. 때와 장소를 가리지 않고 생각한 바를 툭툭 내뱉는 것은 장모님의 특징임을 알고 있기에 새삼 놀랍지도 않다.

검사차 입원이긴 해도 질병이 의심되어 입원을 앞둔 상황이라면 내심 의지하고 있던 딸 부부에게서 오랫동안 연락이 없는 것도 당연히 불만이리라.

하지만 장모님 때문에 사유미가 또다시 가슴 아파하는 일은 없어야 한다. 장모님과 사이좋게 지내는 것이 노부요시에게 주어진 임무 중 하나였다.

현관문을 닫고 있자 장인어른이 나타났다. 마룻귀틀에서 짧게 "좋아 보이는군" 하고 미소 짓고 있다. 교수라는 직함과 달리 엄격한 것은 질색이라고 하는 그의 비밀이 노부요시의 머릿속을 스쳤다. 언제 어디서 어떻게 즐겨야 오랜 세월 가족에게 들키지 않을 수 있을까. 그 즐거움은 대량의 지식과 분석, 연구로 발전해 전문가도 혀를 내두를 정도이고 말이다.

상의를 벗어 둥글게 말고 거실 입구에 무릎을 꿇고 앉았다.

"새해 복 많이 받으십시오."

취직 면접보다 훨씬 긴장하면서 사유미와 둘이 머리를 숙였다. 인사를 한 뒤 사유미가 장인어른에게 달지 않은 샴페인을 건넸다. 걸어오는 동안 알맞게 시원해졌으리라. 따뜻한 실내에서 병 표면에 물방울이 맺히기 시작했다.

"아, 배고파. 기다리느라 혼났네."

장모님이 부엌으로 사라졌다. 사유미가 벌떡 일어나 따라간다. 거실에 장인어른과 둘이 남았다. 무슨 이야기를 해야 할지 고민할 것도 없이 화제는 한 가지뿐이었다. 부엌을 신경 쓰면서도 작은 소리로 짧게 말했다.

"지난번에 감사했습니다."

장인어른은 웃는 얼굴로 고개를 살짝 저었다. 온화한 표정이다. 노부요시는 부엌을 살피면서 가만히 속삭였다.

"장모님이 건강해 보이셔서 다행입니다."

"그래, 매일 저렇다네."

사유미에게 아무 말도 듣지 못했다. 장모님의 건강 문제는 노부요시가 먼저 말을 꺼낼 수 있는 이야기가 아니었다.

대화가 끊김과 동시에 부엌에서 장모님이 음식이 담긴 오르되브르 접시를 들고 나왔다. 이어서 사유미가 쟁반에 앞접시와 젓가락, 샴페인 잔을 담아서 왔다. 장모님이 노부요시에게 샴페인을 딸 것을 부탁했다. 눈동냥으로 익힌 솜씨라 겁이 났지만 눈동자를 반짝이며 기뻐하는 사유미 앞에서 결코 실수를 하고 싶지는 않았다.

새해 첫날부터 로스트비프가 담긴 접시 앞에 둘러앉는 것도 전통적인 생활양식을 버리고 살아남은 땅의 인간이 지닌 '인간다움'이었다. 옛 일본 영화를 보면 내륙의 생활문화가 느껴지지만, 혼슈와 홋카이도 사이에 있는 쓰가루해협을 경계로 홋카이도로 올수록 그 생활문화가 차츰 희미해지는 것을 잘 알 수 있다. 사람이 사는 곳은 어디든 오직 그곳에서만 느낄 수 있는 편안함이 있다.

손을 떨지 않도록 주의하며 샴페인을 잔에 조금씩 따랐다. 슈퍼에서 파는 것 중 가장 고급스러운 샴페인을 사 왔지만, 사유미와 둘이서는 샴페인을 마신 적이 없다. 노부요시는 장인어른이 따라 준 샴페인을 한 모금 마셔 봤다. 달지 않고 맛있다.

역시 캔 추하이랑은 다르네, 라는 말이 튀어나올 뻔하여 황급히 로스트비프를 들여다보는 시늉을 했다.

"가끔은 배불리 실컷 먹게. 사유미, 너도 영양 섭취를 제대로 해야지. 영양부족으로 말라 가는 딸내미 모습을 네 아버지가 보셔야겠니?"

사유미는 별 대꾸 없이 자신의 앞접시에 음식을 조금씩 덜었다.

장모님의 막말도 오랜 세월 들으면 마음이 편안해질지도 모른다. 무의식중에 자꾸만 온화한 장인어른의 표정에 감추어진 '안식처'를 찾아내고 싶어진다.

아내에게 상냥히 대할 수 있는 것도 취미를 숨겨 온 것에 대한 속죄일지도——.

아니, 하고 생각을 고치며 눈을 내리깔았다. 노부요시는 이 늙은 부부를 구원하고 있는 것은 일상의 이런저런 엇갈림이 아닐까 생각했다. 앞에서는 아내가 좋아할 만한 말을 하는 대신 뒤에서는 자신이 하고 싶은 대로 행동하는 것이 장인어른 나름의 수완이었다면 그것은 마음의 빛이 아닌 균형 아니었을까.

두 잔째 술을 서로 따라 주면서 새삼 그의 품위 있는 손놀림을 지켜봤다. 사유미가 세상에서 가장 존경하는 남자의 손가락에 왠지 가벼운 질투를 느꼈다.

음식을 어느 정도 먹었을 즈음 샴페인이 동났다. 장모님이 얼굴을 하나하나 들여다보며 "떡국과 케이크, 어느 것이 좋은가?" 하고 물었다.

"이 사람도 포식은 오늘까지이니."

장인어른의 앞접시와 술잔을 지적하는 듯한 말투였다. 사유미가 손에 들었던 접시와 젓가락을 내려놓았다.

"오늘까지라니 무슨 뜻이야?"

"네 아버지가 글쎄, 설 연휴 끝나면 담낭 수술을 받으신단다. 사실 기름진 음식도 안 되는데, 가끔 맛있는 햄버그를 먹고 싶다느니 말을 꺼내서 나를 얼마나 곤란하게 하는지."

"정말이야?"

장인어른은 딴청을 피우며 고개를 얕게 끄덕였다. 지난번에 함께 먹은 점심 메뉴가 머릿속을 가로질러 갔다.

"너한테 말하면 또 이래저래 걱정한다면서 오늘까지 말하지 않은 거란다. 여보, 한 해의 계획은 새해 첫날에 세워야 좋다고 하잖아요. 이런 건 애들한테도 제대로 알려 줘야 한다고요."

사유미의 미간이 순식간에 흐려졌다. 노부요시도 뭐라 말해야 할지 몰라 입을 다물었다. 여태껏 마신 샴페인이 역류할 것만 같다. 입원하는 것은 장모님이 아니라 장인어른이었다. 게다가 검사차 입원이 아니라 수술이다. 그가 새해가 되면 밝혀질 것이 뻔한 거짓말을 왜 했을까 생각해 봤다. 딸 가진 사람이 아니고서는 알 수 없는 마음의 풍경이 있는 것이다.

사유미가 어느 병원이냐고 물었다. 노부요시에게 의지할 때와 달리 간호사의 말투로 변해 있었다. 사유미가 예전에 근무했던 시립 병원 이름이 나왔다.

"담낭만 나쁜 거야?"

간호사가 가족에게 하는 질문은 인정사정없었다. 장모님이 짐짓 자랑스러워하는 얼굴로 말했다.

"내가 처음 알아차렸단다."

그제야 장인어른이 입을 열었다.

"흠, 명치가 심하게 화끈거리고 쓰리기는 했는데. 말이 수술이지 배도 가르지 않고 괜찮단다."

수술 내용을 알겠는지 사유미가 "그렇지" 하고 짧게 대답했다. 그러고는 턱을 살짝 올리고 "수술 당일에 병원에 갈게" 하고 원래 목소리로 돌아와 말했다.

취직 소식을 전한 것은 떡국을 먹고 모두가 배불러 하고 있을 때였다. 커튼이 드리워진 거실의 전등 빛 아래 저마다 편안한 자세로 앉았고 장모님은 1인용 의자에 설치된 안마기 전원을 막 켠 참이었다.

"어머나, 그 좋은 소식을 왜 이제야 말하나?"

"엄마가 할 말을 다 할 때까지 기다린 거잖아."

웬일로 사유미가 어처구니없다는 듯 말했다. 어색하게 흘러가던 시간을 속 시원히 쪼개는 그 말에 장인어른이 웃음을 터뜨렸다. 호방한 웃음소리였다. 덩달아 노부요시도 웃었다.

죄송합니다, 하고 사과하며 연신 웃음을 지었다. 장모님은 이해할 수 없다는 표정을 감추지 않았지만 그래도 이 분위기가 싫지 않은 듯했다. 그녀는 "정말 잘되었네" 하고 안마기 전원을 껐다. 취직 축하 건배는 장모님이 끓인 진한 녹차로 했다.

오래 일할 수 있는 곳이냐는 질문에는 "성심을 다해 일하겠습니다" 하고 대답했다. 뒤집어 생각할 말도, 깊이 읽어야 하는 속내도 그녀에게는 없다. 노부요시는 사유미가 어머니를 닮은 것이 아닌가 하는 생각이 들었다. 올곧게 앞을 향하고 있어 정면밖에 보이지 않는 것이다. 데루의 얼굴을 쏙 빼닮은 자신의 성격은 어떠하냐고 묻고 싶지만 대답해 줄 부모님은 두 사람 다 세상에 없다.

노부요시의 가슴을 따뜻하게 하는 한 가지 사실은 장모님의 시야를 지키는 것은 바로 오랜 세월 함께해 온 장인어른이라는 것이었다.

장인어른이 수술을 마치고 하루라도 빨리 일상으로 돌아오기를 바랐다. 또한 지금은 그의 취미가 원치 않은 방식으로 들통 나는 일만은 없기를 기도했다. 평생 아내와 딸의 눈에 띄지 않기를 끊임없이 기도하는 수밖에 없다. 각자의 반려자에 대한 마음의 빚은 앞으로의 장인어른과 자신의 관계에 엷은 색을 덧칠해 갈 것이다.

집에 가는 길, 눈 때문에 좁아진 인도를 노부요시가 먼저 걸었다. 자신의 등이 조금이라도 바람막이가 되었으면 좋겠다고 생각하며 천천히 걸었다. 사유미는 길의 너비가 조금이라도 넓어지면 곧바로 옆으로 와서 나란히 걸었다.

지하철역에 거의 다 왔을 즈음, 횡단보도 신호를 기다리는 어깨죽지에 대고 속삭였다. 술기운은 진작 가셨는데 왠지 들뜬 기분이다.

"나 장인어른, 장모님이 좋아."

사유미는 기쁜 듯이 노부요시를 올려다본다.

"고마워. 나를 좋아한다는 말보다 더 기뻐."

신호가 '멈춤'에서 '건넘'으로 바뀐다. 그러고 보니 오늘 새해가 시작되었나.

춥지만도 않은 겨울의 하루였다.

8

휴일 전날 밤

공원을 따라 서 있는 자작나무에 어린잎이 흔들리고 있었다.

마가목 열매는 겨우내 새들이 거의 다 먹어 치웠다. 4월의 바람은 쌀쌀함 옆에 초여름의 기운을 품고 있다. 사유미는 공원 울타리 너머로 집의 불빛을 봤다. 노부요시가 벌써 퇴근한 모양이다.

아버지의 수술 경과가 좋았던 것과 보름 앞으로 다가온 긴 연휴 덕분에 사유미의 마음은 가벼웠다. 전철 천장에 달린 광고도 어딘지 신나 보인다. 연휴 때 어디 멀리 가 봤자 괜히 돈만 쓰고 사람 구경만 실컷 할 것이다. 관광지를 피해 동네 목욕탕에 가거나 영화관 나들이를 하는 등 평소보다 약간 더 여유를 부려 보고 싶다. 역 앞의 레스토랑에 가 보자고 제안한 것은 사유미였다. 가까운데도 평소 갈 기회가 없었던 곳이다. 처음에는 내키지 않아 하던 노부요시도 세 번이나 권하자 고개를 끄덕였다.

쓰레기장 모퉁이를 돌았다. 현관문은 잠겨 있지 않았다. 콧노래가 절로 나올 듯한 기분으로 문을 열자 마룻귀틀에 노부요시가 있었다. 자신과 노부요시 사이에 웬 여자가 한 명 서 있다. 여자가 사유미를 향해 몸을 틀어 가볍게 인사를 한다. 현관의 희미한 불빛 아래 나이에 맞지 않게 천진난만한 덧니가 눈에 띄었다.

"아, 아내 되세요?"

노부요시가 웅얼거리며 "어, 뭐" 하고 대답한 것이 잘못이었다. 공원 모퉁이를 돌았을 때의 흐뭇한 기분은 싹 날아가고 사유미의 온몸에 부자연스럽게 힘이 들어갔다.

"처음 뵙겠습니다. 모리 가노코라고 해요. 노부요시 군하고는 제일중학교 동창이에요."

처음 뵙겠습니다——.

여자는 남편을 성이 아닌 이름으로 불렀다. 그 때문에 불쾌한 기분이 든다는 것을 깨닫고 사유미는 황급히 고개를 숙였다. 하얀 스커트 정장에 괜히 움츠러들면서도 현관 섬돌에 가지런히 놓인 펌프스와 가느다란 발목을 봤다.

"사유미입니다, 처음 뵙겠습니다."

여자는 사유미가 절로 주눅이 들 만큼 환하게 웃고 있었다.

"4월부터 아들이 이쪽 중학교에 다니게 돼서 삿포로에서 친정으로 왔거든요. 이 집 앞을 지나가다 누가 살고 있나 싶어서 명패를 봤더니 그때랑 똑같은 이름이 있지 뭐예요. 설마 하는 마음에."

여자가 노부요시를 향해 고개를 돌리며 "그렇지?" 하고 맞장구를 청했다. 몹시 불쾌한 장면을 맞닥뜨린 듯한 찜찜함은 사유미만의 것이 아닌 듯하다. 여자보다 노부요시가 먼저 "그럼" 하고 그 자리를 마무리했다.

"아, 노부요시 군, 아까 그 이야기 말인데."

"어, 그거라면 전혀 상관없으니, 그냥 둬."

"돌려주는 김에 또 와도 될까? 영화 관련 일을 한다고 해서 무척 기뻤거든. 같은 동네에 살기도 하고. 일요일에 쉰다고 했지? 만약 집에 없으면 내가 나중에 또 올 테니까 너무 부담 갖지 마."

사유미는 애매하게 고개를 끄덕이는 남편의 태도에 짜증이 났다. 그런데도 거의 억지로 이어지는 대화를 가만히 듣고 있었다. 자신이 퇴근하기 전까지 이 두 사람은 도대체 얼마만큼의 시간 동안, 그간 쌓인 이야기를 나눈 걸까.

"갑자기 찾아와서 정말 미안해요."

손을 흔들며 현관문을 닫는 여자를 사유미는 말없이 배웅했다.

흥이 깨져 어색한 기분으로 "다녀왔어"라고 말하자, 비슷한 분위기의 "어서 와"가 돌아왔다. 행동은 여느 때와 같은데 괜히 그것까지 마음에 안 든다.

노부요시도 조금 전에 집에 왔다고 한다. 그가 부엌에서 손 씻는 모습을 보니 뭐 하러 씻나 하는 생각이 들어 또 짜증이 솟구쳤다. 옆에서 손을 뻗자 노부요시가 수도꼭지를 잠그지 않고 자리를 양보했다.

평소와 같은 태도와 행동.

사유미가 말을 걸지 않자 묵묵히 식사 준비를 하기 시작했다. 조금 전 그 여자에 대해서는 오기로라도 묻지 않았다.

쌀을 씻어 물을 맞추고 밥솥 전원을 켠 다음 노부요시가 말했다.

"호흡이 얕네."

사유미는 홧김에 크게 심호흡을 했다.

시금치를 살짝 데쳐 잘게 썬 유부와 버무렸다. 숙주와 삼겹살을 볶아 불고기 양념으로 맛을 냈다. 그사이 노부요시가 두부를 넣고 된장국을 끓인다. 둘이서 부엌에 나란히 섰을 때 사유미는 노부요시의 동선을 방해하지 않지만 짜증이 난 상태에서는 그것도 마음대로 되지 않았다. 찬장에서 그릇을 꺼낼 때마다 현관에서 유연히 미소 짓던 여자의 얼굴이 떠올랐다.

밥이 다 될 때까지 20분이 남았을 즈음 무침과 볶음 반찬을 안주 삼아 하이볼을 한 잔씩 마셨다. 남편의 지갑에 자유로운 돈이 있는 생활이 반가웠다. 사유미가 사 둔 술을 마실 때 노부요시가 잠깐 씁쓸한 표정을 지었던 것이 생각났다.

"일은 좀 익숙해졌어?"

"그렇지 뭐. 지금은 컴퓨터 입력과 책장, 우편물 정리만 하고 있어. 업무 내용은 선생님 지시에 따라 자주 바뀌지만."

둘이서 함께 집을 나서고 비슷한 시간에 귀가하는 생활도 어느덧 넉 달째다. 그런데도 하루하루가 새롭고 산뜻하다. 사유미는 야간 당직 아르바이트를 3월 말을 끝으로 그만뒀다.

당신이 벌던 몫은 내가 어떻게든 할 수 있을 거야, 라는 말은 결혼할 때보다 훨씬 기뻤다. 한편으로는 마음에 뚜껑을 덮고 있었다는 것을 깨닫고 말았다. 이런 시간을 기다렸다는 본심을 깨닫고 당황했지만 그것도 이제는 아련한 기억이다.

이제야 의욕이 생겨 갓 지은 밥을 손에 쥐고 조물조물 뭉쳤다. 고소한 김 냄새와 된장국으로 마무리하는 하루의 사랑스러움이 사유미의 하루하루를 평온하게 유지하고 있다. 밥한 그릇 분량의 큰 주먹밥과 작은 주먹밥에 소금을 살짝 뿌리고 주먹밥을 김으로 감쌌다. 연회의 마무리다. 아무래도 좋을 이야깃거리가 바닥나고, 괜히 된장국 냄새를 맡았더니 꽁한 감정이 고개를 쑥 내밀었다.

"저기, 아까 그 사람, 이름이 뭐였더라?"

"모리 씨."

"동창이라고 했나?"

"중학교 3학년 때 같은 반이었나."

"뭘 돌려주러 온다는 거야?"

"어, 내가 책을 하나 빌려줬다던데."

큰아들의 진학에 따라 친정으로 돌아온 여자가 방을 정리하다 발견한 것이 노부요시에게 빌린 채 돌려주지 않은 책이었다고 한다. 어떤 책인지 물었다.

"『설국』이래."

"그, 가와바타 야스나리의?"

노부요시의 시선이 허공을 향하더니 고개가 살며시 기울있다.

"그런데 기억이 안 나."

여자의 말에 따르면 중학교 3학년 때 빌려줬다고 하지만 당사자인 노부요시는 그 기억이 없다고 한다. 기억나지 않으면 분명하게 그렇게 말하면 좋았을 것. 사유미는 여자가 차려입었던 무릎 길이의 스커트 정장을 떠올렸다.

"빌려준 기억이 없는 책을 돌려주러 온다니, 좀 이상하네."

딱히 거절하지 않는 남편도, 억지로 웃으며 또 오겠다는 여자도 사유미의 마음속에서는 이해할 수 없는 모양으로 비틀어져 있다.

"중학생 자녀가 있는 것처럼 보이지는 않던데."

"그런가."

"복장도 그렇고 하이힐도 그렇고."

"자세히 보질 않아서 모르겠네. 너무 갑작스러웠고, 나보다 그쪽이 열 배는 더 말이 많았거든."

"일요일에, 오겠다고 했지?"

"책을 돌려주러 오는 거면 시간 걸릴 것도 없지 뭐."

집 안으로 들이지 않을 수도 없고, 하고 심보가 고약한 말이 목구멍까지 올라왔다.

아까도 내가 집에 오지 않았더라면——.

꺼림칙한 상상을 하는 사이 주먹밥 김이 눅눅해지고 된장국도 미지근해졌다.

그날 이후 사흘간 모리 가노코의 모습이 머릿속을 떠나지 않았다. 일도 생활도 당연하게 흘러가건만 귓불 언저리에 눈에 보이지 않는 작은 가시가 박혀 있다.

달걀말이와 채소볶음, 냉동 햄버그스테이크, 콩자반이 가지런히 놓인 도시락을 열자 노부요시의 얼굴이 떠오름과 동시에 '일요일'이 다가온다는 우울감도 딸려 왔다. 검약한 생활은 여전히 계속되고 있지만 사유미는 도시락 뚜껑을 닫으면서 손님용 식기를 사기로 다짐했다.

금요일 저녁, 파스타 면을 삶고 있는 노부요시 옆에서 소스를 데우며 슬쩍 물어봤다.

"손님용 커피 잔 세트를 살까 하는데, 어때?"

"갑자기 무슨 일이야?"

"그 갑자기를 대비하는 것도 중요하지 않나 싶어서."

노부요시가 "얼마 전에 그 일을 아직도 신경 쓰는구나" 하고 나직하게 말했다.

"나는 그리 신경 쓸 만한 일이 아니라고 생각하는데. 일요일도 어느 일요일인지도 모르고. 그냥 예의상 하는 말인 것 같았는데, 사유미는 그게 아니었구나."

"옛 동창생이 또 오겠다고 했는데 현관 앞에서 돌려보내는 것도 예의가 아닌 것 같아. 책을 돌려주기만 하는 거면 우편함에 넣어 두면 되는 거잖아."

상대가 여자라 복잡한 기분이 드는 것이다. 사유미가 모르는 노부요시가 자유롭고 즐겁게 지내는 모습이 머릿속에 펼쳐졌다.

"어쨌든 손님이 왔을 때 변변한 커피 잔 세트 하나 없는 건 좋지 않아."

"그걸 어디에 둘 건데?"

노부요시의 질문은 조용하고 예리했다. 사유미는 그릇장을 봤다. 어중간하게 두세 장씩 있는 접시, 두 사람 몫의 밥그릇과 국그릇 등 평소 사용하는 것들이 놓여 있다. 폭이 좁은 그릇장에 손님용 커피 잔 세트를 진열할 공간은 없었다.

"갑작스러운 손님에 대비하는 거면 바로 꺼낼 수 있는 곳이어야 하잖아."

이 집에는 둘이서 살아온 시간이 있었다. 사유미는 새삼 마음속에 퍼지는 불안의 형태를 보았다. 이곳에 누군가 찾아온다는 상상을 구체적으로 한 적이 없었던 것이다. 누군가, 란 욕실 공사를 하러 오는 사람도, 부엌 온수기를 설치하러 오는 업자도 아니다. 두 사람의 생활에 조금이라도 관심을 가진 타인을 가리킨다.

그런데, 하고 노부요시가 고개를 홱 돌렸다.

"생각해 보니 장모님은 내가 갈 때마다 고급스러운 찻잔이나 유리잔에 마실 것을 담아서 주셨네."

친정 그릇장에는 어머니가 백화점에서 마음에 드는 것을 발견하면 1인 세트씩 사 모은 도자기 식기들이 진열되어 있다. 어머니가 그날의 기분에 따라 고르는 식기에는 독일의 마이센이나 이탈리아의 지노리, 일본의 노리타케와 고란샤 이름이 새겨져 있다. 젊었을 때는 보이는 것을 중시하는 어머니의 태도가 이해되지 않았지만 지금의 사유미는 그 심정을 알 것도 같다.

"그건 엄마가 취미로 그릇을 모으니까."

"대접받은 입장에서는 황송하면서도 기분이 꽤 좋더라."

한두 개 정도면 놓을 자리를 마련할 수 있을 것 같다고도 덧붙였다. 손님용 커피 잔 이야기를 했을 뿐인데 남편의 머릿속에는 벌써 그녀를 집에 초대할 준비가 시작되고 말았다.

"내일이라도 보러 갈까?"

"너무 비싼 건 안 돼."

"천 원 균일가 같은 걸 기대하면 안 되겠지."

남편의 말에 이제 와서 싫다는 소리는 하지 못했다.

토요일, 삿포로 역에 인접한 백화점은 개점 직후부터 연휴를 복전에 둔 기대감에 차 있었다. 봄의 색깔만 눈에 들어온다. 지금껏 노부요시와 둘이서는 올 기회가 없었던 곳이다. 먼저 가자고 한 사람은 사유미다. 화사한 기운에 정면으로 도전하는 기분으로 그릇 매장으로 올라갔다.

쉴 새 없이 눈에 들어오는 상품 때문에 이곳에 온 목적이 무엇이었는지 잊어버릴 것만 같았다. 내일 집에 올지도 모르는 남편의 동창생을 위해, 하고 억지로 언어화해 보지만 왠지 변명의 냄새가 풍긴다.

"너무 많아서 뭘 골라야 할지 모르겠네."

노부요시가 질림과 감탄이 섞인 말투로 말했다. 두 사람 뒤로 나이가 지긋한 부부가 지나갔다. 부인이 지나간 자리에 고급스러운 향기가 남았다.

"엄마 쇼핑에 따라왔을 때는 별로 관심 없었는데."

"취향이나 세대 차이라는 게 있으니까."

"솔직히 엄마의 허세에는 따라가질 못하겠더라."

"어엿한 가정을 이룬 사람의 예의라는 것도 분명히 있겠지."

"허세와 예의라."

자신도 지금 그런 말 사이에서 헤매고 있는 것이었다. 쉽게 구분하거나 이해할 수 있다면 이렇게 편한 일도 없다. 쉽게 이해할 수 없는 것은 식기마다 붙은 가격도 마찬가지였다. 머그잔 하나만 해도 3천 엔부터다. 언젠가 누군가의 손에 팔려 가는 상품인 동시에 사유미의 구매 의욕만은 싹부터 자르고 있다.

노부요시가 "이거 어때?" 하고 커피 잔 한 쌍을 가리켰다. 커피 잔의 디자인보다 가격표에 먼저 눈길이 갔다.

8천 엔(부가세 별도)──.

"음" 하고 길게 끌면서 재빨리 다른 가격표를 훑어봤다. 이것이 가장 저렴하다. 직선형의 깔끔한 디자인. 잔을 뒤집어 봤더니 독일 브랜드였다. 천 원 균일가면 얼마나 좋아, 하고 내뱉고는 당황했다.

"살 수 있는 범위는 정해져 있어."

지갑에서 꺼낼 수 있는 금액에 한도가 있는 사람이 고작 허세 때문에 이런 곳에 있어서는 안 된다는 것을 그제야 깨달았다.

"그럼 더 실용적인 곳으로 가자."

점심때가 지나서야 그릇 매장 한구석에 눈에 띄지 않게 쌓여 있던 오래된 모델의 2인 세트를 구입하기로 결정했다. 70퍼센트 할인도 매력적이지만 사유미의 마음을 끈 결정적인 이유는 '별다를 것 없는 평범함'이었다. 본차이나 특유의 시원한 흰색과 깔끔한 디자인은 아무런 인상도 남기지 않는다. 가능하면 손님용이 아닌, 자신이 직접 사용하며 마음을 돌이켜보는 용도로 삭고 싶을 만큼 간소했다.

"여기서 뭐 먹고 갈까?"

엘리베이터에 탄 노부요시가 식당가가 있는 층의 버튼을 눌렀다.

"뭐 먹을래?"

장어집 앞에서 걸음을 멈춘 노부요시에게 사유미는 눈치채지 못한 척을 했다.

"메밀국수 어때?"

자리에 앉자 노부요시가 소주에 국수물을 섞은 것을 두 잔 주문했다. 사유미는 그 모습을 보고 아버지와 어머니의 막대한 세월을 지탱한 것이 무엇이었는지 생각했다. 어제도 오늘도 내일도 둘이서 살아가는 두 사람이다.

전철을 타고 삿포로까지 나와서 내일의 불안을 견디고 있는 황당하고 우스운 상황. 출구 없는 꽉 막힌 생각을 소주로 희석시킨다.

"낮술이라 그런지 취하네."

"응. 그래도 맛있다."

노부요시가 사유미의 마음을 알아차리지 못했는지 툭 내뱉었다.

"메밀국숫집에서 당신하고 이걸 마시고 싶었어."

일요일 오후 2시에 모리 가노코가 현관에 나타났다. 오면 불쾌하고 오지 않아도 불안한 것에는 변함이 없다. 그녀는 화장을 꼼꼼히 하고 유행하는 청바지와 만듦새가 좋은 셔츠를 몸에 걸치고 있었다.

"어머, 실내는 요즘 유행하는 리모델링을 했구나."

"사람이 살 수 있도록 하는 것부터가 힘들더라."

"아주머니가 건강하셨을 때 한 번 들어와 본 적이 있어."

"무슨 일로——."

노부요시는 그녀가 부엌 옆 불단을 발견하여 달려가는 바람에 질문을 끝까지 하지 못했다. 가노코는 재빨리 종을 치고 합장했다.

가노코가 낮은 탁자 앞에 무릎 꿇고 앉아 데루가 언제 돌아가셨는지 물었다. 노부요시가 더듬더듬 대답했다.

사유미는 가스레인지에 물 주전자를 올려놓고서 방금 건네받은 선물을 열어 보았다. 필통 같은 작은 상자에 가로세로 2센티미터 크기의 생 초콜릿이 두 줄로 가지런히 담겨 있었다.

찬장 윗단에 넣어 둔 본차이나 커피 잔을 하나만 꺼냈다. 드립으로 커피를 내린다. 노부요시의 커피는 평소 사용하던 머그잔에 준비했다.

커피 잔은 머리가 아플 정도로 신경을 썼으면서 변변한 과자 하나노 사 놓지 않았다. 잔 받침에 초콜릿을 하나 곁들여 탁자로 가져갔다. 노부요시의 머그잔 옆에도 초콜릿을 담은 작은 유리 접시를 놓았다. 그러고는 노부요시의 어깻죽지 가까이 대각선 뒤에 앉았다.

"어쩜 아내 되시는 분이 참 예쁘시네요. 미안해요, 성함을 깜빡 잊어버렸어요."

사유미에게 시선을 옮긴 그녀는 더 활짝 웃으며 커피 잔을 들어 올렸다. 사유미가 부담스러워하는 진한 눈 화장이다.

"사유미라고 합니다."

"어떤 한자를 쓰세요?"

"비단 사紗에 활 궁弓을 써요."

묻는 대로 이름에 쓰인 한자와 생년월일을 대답했다. 가노코가 옆에 놓은 가방에서 수첩을 꺼내더니 백지 부분을 펼쳐 이름 넉 자를 세로로 썼다.

"내가 이름 점도 볼 줄 알거든요."

한자 한 자씩 획수를 적더니 성과 이름과 전체 각각을 조합해서 이중 동그라미와 세모를 표시했다.

아아, 하고 가노코가 한숨을 내쉬었다.

"엄청난 노력가에, 사람을 잘 못 사귀죠? 스스로 고민거리를 만드는 타입? 그런데 부치긴 하더라도 뚝심 있게 헤쳐 나가는 사람이네."

결혼 전 성을 묻기에 애매하게 끄덕이며 얼버무렸다.

"괜찮아요, 사양하지 말고."

"사양이 아니라…… 미안합니다. 점 같은 거, 좀 불편해요."

가노코가 눈썹꼬리를 내렸다. 민망해하는 그 표정에 사유미는 등허리는 쭉 펴졌지만 고개가 아래를 향하고 만다. 노부요시가 그제야 입을 열었다.

"혹시 우리 어머니도 별 관심 없는 눈치 아니었어?"

가노코는 고개를 깊이 끄덕이며 "잘 아네" 하고 감탄한다.

"그런 사람이었으니까."

남편의 무심한 태도가 오직 둔감함 때문인지는 알 길이 없었다.

한 번 숨을 쉴 틈보다 짧은 침묵이 흐른 뒤 가노코가 그제 야 가방에서 문고본 한 권을 꺼냈다.

"정말 미안해. 이거야."

빛은 바랬지만 닳은 흔적도 거의 없는 책이었다. 가노코가 탁자 위에 책을 올려놓더니 커피 잔 받침으로 손을 뻗어 정 사각형의 생 초콜릿을 입에 쏙 넣었다.

"사유미 씨, 초콜릿 싫어하는 건 아니지?"

"좋아해요, 고맙습니다."

노부요시가 『설국』을 손에 들었다. 고개를 살짝 갸우뚱 하며 "책 읽는 걸 좋아하는 중학생이었네" 하고 중얼거렸다.

"노부요시 군은 옛날부터 책이랑 영화 이야기를 좋아했잖 아."

"그랬나."

"난 기억하는걸. 반에서 약간 어른스러운 소년이었어."

"지금은 피로에 찌든 중년이지만."

"그건 피차일반이잖아."

가노코는 깔깔거리며 잘 웃었고 틈틈이 사유미에게도 말을 건넸다. 부모님이 삿포로에 산다는 것과 노부요시의 근무처 까지, 그녀는 이 집의 정보를 사유미에게서 입수하는 데 수 완이 좋았다.

창밖으로 동네 아이들이 뛰어간다. 가노코가 숨을 한 번 내쉬고 차근차근 말했다.

"옛날에는 온통 논밭이었던 곳에 자꾸만 포장도로와 신축 집이 들어서니까 왠지 제2세대라고 해야 하나, 두 번째 수정판 같은 느낌이야. 우리 아들이 내가 다닌 중학교에 다니는 것도 신기하고. 세월의 변화를 따라가기가 점점 벅차네."

노부요시는 그 말에는 대답하지 않고 손에 든 문고본을 살펴보고 있다. 이내 누구와도 시선을 교환하지 않게 되었다. 침묵이 그녀의 목소리로 인해 사라져 간다.

"친정에 오니까 새삼 나이를 먹었다는 게 느껴지더라. 설마 내가 부모님과 자식 때문에 불안해할 줄이야, 좀 놀랐지. 실은 나 돌싱이거든."

그녀는 뭔가 생각났다는 듯이 "아, 맞다" 하고 혼자 납득한 듯이 가방에 손을 뻗었다.

"이름 점이랑 타로카드 점에는 별 관심 없을지 몰라도 실은 그것 말고도 이것저것 하고 있거든. 혹시 괜찮으면 이거 놔두고 가도 될까? 나중에 한가할 때, 설명할 시간을 내줬으면 좋겠어. 분명히 도움이 될 거야."

그녀가 문고본 다음에 꺼낸 것은 전단지가 들어 있는 봉투였다.

"관혼상제 상조회인데."

그때부터 그녀의 말은 물 흐르듯이 막힘없이 오른쪽에서

왼쪽으로 흘러갔다. 사유미는 이제야 그녀의 목적을 알아차리고 맞장구를 치면서도 지난 며칠간의 긴장이 풀려 넋이 나갔다. 아무렇게나 던진 시선 끝에 어제 산 손님용 커피 잔이 있다. 사유미의 심정을 비추기라도 한 듯 불편해 보인다.

거듭 되풀이되는 '만일을 위해'라는 말에 슬슬 머리가 마비되려는 참에 노부요시가 말했다.

"알겠어, 고마워."

대화가 뚝 끊겼다. 모리 가노코의 표정은 어둡지 않았다.

"모처럼 쉬는 날에 들이닥쳐서 미안해. 그래도 오랜만에 동창을 만나니까 좋네. 다시 십 대로 돌아간 것 같아."

그녀는 갈 때도 다리가 저린 기색도 없이 자리에서 일어났다.

밖으로 나가 그녀가 모퉁이를 돌 때까지 사유미는 노부요시와 둘이서 봄의 서늘한 저녁 바람을 맞았다.

탁자 위를 정리한 뒤 부엌에서 초콜릿 상자를 열었다. 두 줄로 가지런히 늘어선 초콜릿을 하나 입에 넣는다. 상자 속에 퍼즐 조각처럼 요철이 생겼다. 콧속으로 고급스러운 카카오 향기가 퍼진다. 옆에 있던 짝을 잃은 초콜릿은 어깻죽지가 시려 보인다.

참을 수 없는 쓸쓸함이 달콤함과 함께 목구멍을 타고 내려간다. 달콤한 것도 좋은 향기도, 하나의 교훈으로 사유미의 가슴에 남는다. 그런데 카카오만으로는 그저 씁쓸하기만 한 것이 아니던가. 노부요시가 테이블 위의 문고본을 팔랑팔랑 넘겼다.

"초콜릿 맛있네. 하나 먹어 볼래?"

"그럼 하이볼이라도 만들어야겠다."

부엌에 나란히 서서 유리잔에 얼음을 넣는 노부요시의 옆얼굴을 봤다. 그가 신중한 손놀림으로 위스키를 따르고 있다. 냉장고에서 꺼낸 탄산수를 유리잔 벽에 살포시 미끄러뜨린다.

"자, 하이볼 완성."

탁자로 돌아가 모서리를 사이에 두고 앉았다. 마음이 좁다는 걸 알면서도 모리 가노코가 있던 자리에는 앉고 싶지가 않았다. 하이볼을 한 모금 마시고 노부요시를 따라 초콜릿을 베어 먹었다. 아까보다 훨씬 풍부한 향기와 탐욕스러운 맛이 퍼졌다.

술잔의 3분의 1을 마셨을 무렵 노부요시가 숨을 크게 내쉬었다.

"모리 씨는 중학교 가는 길모퉁이에 있는 큰 집에 살았던 걸로 기억해. 3학년 때 우리 반으로 전학 왔고."

사유미는 남편의 말에 잘 대답할 수가 없었다.

그녀는 원래 노부요시보다 한 학년 위였다고 한다. 1년간의 등교 거부 끝에 전학 온 반에 노부요시가 있었던 것이다.

"지금보다 체격이 훨씬 좋고 굉장히 조용한 아이였던 것 같아."

반 아이들 모두가 그녀를 주목한 것은 문화제 때였다. 합창 대회에서 담임이 그녀에게 피아노 반주를 지시했는데 한동안 자리에서 일어나지 않았다고 한다.

"담임선생님이 계속 이름을 부르고 아이들이 웅성대기 시작했을 무렵에 누가 봐도 억지로 나온 것처럼 피아노 앞에 앉더라. 담임선생님 딴에는 반 아이들과 어울리게 할 절호의 기회라고 생각했을 거야. 그런데 그렇게 속이 훤히 들여다보이는 수법이 통하는 상대가 아니었던 거지."

모리 가노코는 당시 일본 전국 피아노 콩쿠르에서 2위를 차지한 직후였다. 1년간의 등교 거부의 이유는 모른다. 반 아이들 아무도 몰랐던 그녀의 특기를 학급 운영에 활용하려 한 교사의 계획은 어그러졌다.

"조율이 완벽하게 되었을 리 없는 피아노인데도, 연주하는 동안에는 모리 씨의 독주회가 따로 없더라. 그냥 시키니까 나와서 연주하는 것일 뿐 우쭐해하는 느낌도 없었어. 그런데도 다들 과제곡을 노래할 마음이 사라지고 선생님도 넋을 잃었지."

합창 대회는 결국 노래가 피아노의 박력을 따라잡지 못하고 참패했다. 그녀는 다시 교실 구석으로 돌아갔다.

"그러고 보니 모리 씨가 피아노 이야기를 한마디도 안 했네. 물어볼 새도 없었지만."

노부요시가 문고본을 손에 들고 마지막 장을 펼쳐 보였다. 들여다보는 사유미의 눈에 판권 페이지가 들어온다. 남편이 무슨 말을 하려는지 몰라 고개를 갸웃거렸다.

"역시 이거, 내가 빌려준 책이 아니야. 기억나지 않는 것도 당연하지."

남편이 가리킨 부분에 '132쇄'라고 되어 있었다. 발행된 지 십수 년밖에 지나지 않은 것이다.

"내가 중학교를 졸업하고 훨씬 뒤에 나온 책이네."

쓸쓸함인지 슬픔인지 종잡을 수 없었다. 분노도 아니고, 그렇다고 안도한 것도 아니었다. 곱디고운 모래가 가슴속을 깎아 내면서 사르륵 떨어져 내린다. 살살 아려서 견딜 수가 없다.

"분명히 다른 사람하고 헷갈렸을 거야."

아주 조금 자신 있는 듯한 노부요시의 말은 어제까지의 사유미가 원하던 것이었다. 무심결에 "아니야" 하고 내뱉었다. 이, 상냥함의 이름을 빌린 둔감함에 상처받은 사람은 사유미뿐만이 아니다.

"뭔가, 좀 심하네."

"기억나지 않는데 어쩔 수 없잖아. 모리 씨가 자신만만하게 설명하니까 나야 들을 수밖에 없지."

그것을 상냥함이라고는 부르지 않는다.

모리 가노코에게 느껴지던 지나치게 둔감한 모습을 떠올렸다. 노부요시와 사유미, 서로가 등 뒤에 감춘 '상냥함'을 상상한다.

"내 생각에는 모리 씨한테도 뭔가 사정이 있나 싶었지."

이름 점이라──. 모리 가노코의 말이 다시 사유미의 등을 쓰다듬었다.

──스스로 고민거리를 만드는 타입?

틀리지는 않지만 맞지도 않다. 두 줄로 늘어선 초콜릿처럼 한쪽이 비면 불안하다. 그뿐이다.

사유미는 요 며칠간 결코 가공되지 않는 금속, 결코 바뀔 수 없는 자신의 본성을 엿봤다. 절대로 들켜서는 안 될 여자의 밑바닥 같은 것을.

"왠지 좀──."

"왜 그래?"

"아무것도 아니야."

묽어진 하이볼을 마신 뒤 사유미는 노부요시의 몸을 가볍게 바닥으로 밀어 쓰러뜨렸다. 자신이 하는 대로 가만히 있는 남편의 하릴없음에, 천장을 보고 있는 그 눈길을 향해 다가간다.

남자의 눈동자에 자신의 얼굴이 비쳤다.

9

이상적인 사람

8월 들어 기온이 30도가 넘는 날이 계속되고 있다.

삿포로 시 교외의 주택가도 아스팔트 바닥에서 뜨거운 열기가 올라온다. 에어컨 바람에 의지하고 싶지만 오카다 구니오 사무소에 있는 냉방기기는 선풍기 한 대뿐이다. 주택 겸 사무소인 까닭에 선풍기는 오카다가 잠잘 때는 침실로 가고 노부요시가 출근하는 아침에는 거실 겸 사무실로 이동한다.

오카다가 커피를 끓여 노부요시를 맞이했다. 처음에는 고용주가 손수 커피를 끓이는 것이 당혹스러웠지만 그가 취미로 즐기는 시간이라는 것을 알고부터는 감사히 마시고 있다. 그가 맛을 물어봤을 때는 솔직하게 소감을 말했다.

오카다가 부엌에 있는 동안 노부요시는 모든 창문을 열어 방충망을 확인하고 선풍기를 회전으로 돌렸다. 됐다, 하고 상체를 일으켰다. 그때 오카다의 책상에 선풍기 바람이 닿아 체크가 끝난 원고가 흩날렸다.

"선생님, 원고 곁을 떠나실 때는 위에 문진이나 사전을 올려놓으셔야지요."

"미안하군, 내가 또 깜빡했어."

영화평과 영화 관련 에세이 등을 전문으로 쓰는 오카다의 조수로 일한 지 7개월이 지났다. 노부요시는 서둘러 흩날린 A4 용지 일곱 장을 주워 모았다. 메모를 했다가 구겨서 버린 종이뭉치도 한두 개 떨어져 있기에 주워서 쓰레기통에 넣었다.

바닥은 나무 바닥재가 깔린 마룻바닥이라기보다는 나무판자가 깔린 옛날 교실 바닥에 가깝다. 퇴근 시간이 가까워지면 먼지 흡착재가 도포된 대걸레로 바닥을 걸레질하는 것도 노부요시가 맡은 일이다. 어제 저녁에는 종이뭉치가 없었다. 오카다는 노부요시가 퇴근한 뒤에도 일을 하고 있는 것이다.

A4 용지 한 장에는 400자 원고지 약 세 장 분량의 글이 담겨 있다. A4 용지 일곱 장은 손으로 쓴 원고지 약 스물한 장 분량이다. 이를 컴퓨터를 켜고 워드프로세서 소프트웨어에 입력하는 것이 노부요시의 일이었다.

흩어진 원고를 페이지 번호에 맞춰 책상으로 되돌려 놓고 위에 이와나미 사전을 올려놓았다. 원고는 계간지에 연재 중인 긴 분량의 영화 에세이다.

오카다의 글은 사람을 부드럽게 끌어당기는 매력이 있다.

그래서 마음 놓고 읽다 보면 이따금 날카로운 한 줄에 밀쳐질 때가 있다. 다 읽은 뒤에는 달콤한지 쌉싸름한지 생각하게 하곤 한다. 오카다는 자신의 무기를 어떻게 사용해야 할지 완벽하게 이해한 글쟁이였다. 그의 통찰력과 영화 작품에 대한 포용력을 목격하고부터는 단순한 좋고 나쁨의 선 긋기가 무의미해졌다.

조금씩 꾸준히 글을 쓰고 있는 입장에서 오카다의 원고는 배울 점이 많다.

그런 오카다가 최근 들어 심상치가 않다.

책상 위 원고가 선풍기 바람에 흩날린 것은 시작에 불과했다.

사무실 벽은 책과 영상 자료로 가득 차 있지만, 원래는 가정집 거실이라 북쪽에 부엌과 욕실이 있다. 근무한 지 얼마 안 되었을 무렵 높이 쌓여 있던 박스 속 자료는 최근에야 분류 작업이 끝나서 책장에 수납되었다. 부엌과의 사이에 접객과 노부요시의 작업대를 겸한 응접세트가 있는데, 7월 중순이 지나서부터 오카다는 이틀에 한 번은 응접세트에 발가락을 찧어 비명을 질렀다. 박스를 정리한 이후 명백히 움직이기 편하게 바뀐 일터에서 오카다는 몸을 부딪치면서 돌아다녔다.

커피콩이 다 떨어져 노부요시가 출근한 다음에야 부랴부랴

단골집으로 달려가는 일도 있었다.

원고나 연재와 관련하여 업무상 문제는 없었다. 의자 다리에 새끼발가락을 부딪쳐 웅크리는 오카다에게 농담으로 "몸의 축이 틀어진 게 아닐까요?" 하고 말한 적이 있다. 그러나 진지한 얼굴로 시선을 떨구는 모습을 본 뒤로는 농담도 조심하게 되었다. 무슨 일이라도 있는 걸까 하고 걱정스러운 바람이 지나가기를 기다렸다.

"선생님 체크가 끝나면 담당자에게 보내겠습니다."

"한 번만 더 읽고 주지."

아직은 일과 원고 내용에 큰 영향은 없다. 신경 쓰이는 것이라면 오카다가 흔쾌히 승낙한 '북의 영화관' 주최의 강연회다. 사람 앞에 나서기를 꺼려하는 오카다에게 "이걸 부탁할 수 있는 사람이 저밖에 없어서" 하고 머리 숙여 부탁한 것이다.

오카다가 응접탁자에 머그잔을 놓고 책상 앞 사무 의자에 걸터앉았다. 노부요시의 머그잔에는 마릴린 먼로가, 그의 머그잔에는 다케히사 유메지(1884~1934, 일본의 화가이자 시인. 몽환적이고 쓸쓸한 여체 묘사가 돋보이는 '유메지식 미인도'로 다이쇼 시대를 풍미했다.)의 검은 고양이를 안고 있는 여인이 프린트되어 있다. 전혀 다른 것 같으면서도 매일 설거지해서 나란히 놓으면 먼로도 유메지의 여인도 실은 방향이 비슷하지 않나 하는 생각이 든다.

"요즘 별다른 일은 없나?"

오카다는 고개를 갸우뚱하는 버릇이 있다. 질문할 때뿐만 아니라 말의 마지막은 대체로 머리가 오른쪽 어깨로 기운다. 긍정도 부정도, 인사도, 당황도 다 마찬가지다.

"주차장 쪽은 별일 없는 것 같습니다."

올봄에 오카다가 소유한 주차장에 도난차가 버려진 일이 있어 그 일을 물어보나 싶었다.

"아니, 그쪽이 아니라."

입 속에서 말을 우물우물 뭉개고 있는 오카다의 모습은 역시 이상했다. 노부요시가 면접을 보러 왔을 때조차 이야기를 듣기 전에 "언제부터 올 수 있습니까?" 하고 말한 남자다. 사람을 대할 때 불신감이나 시기심이 아예 없는 것이다. 이 남자가 고용해 준 자신을 믿자고 결심하고부터 반년 이상이 흘렀다.

별다른 일이라, 하고 중얼거린 뒤 무심결에 "선생님이 조금" 하고 운을 떼고 커피를 한 모금 마셨다.

"내가 조금——, 역시 이상한가 보군."

나직한 목소리였다. 오카다도 다소 자각하고 있었구나 싶어 노부요시는 등허리를 곧게 폈다.

"가끔 가구에 부딪치며 걷고 계십니다."

오카다는 "으음" 하고 신음을 하고 유메지의 여인을 눈높이로 올렸다.

여자 문제인가──.

묘하게 납득이 되어 노부요시는 할 말을 찾았다. 오카다가 노부요시와 나눈 이야기를 원고에 반영하는 일도 늘어났다. 다소나마 영화 관련 일을 해 온 자신에게 요구되는 업무 내용 중 하나가 '좋은 말벗'이기도 하다.

"무슨 걱정되는 일이라도 있으신 건가요?"

"얼마 전에 맞선을 봤어."

오카다가 고개를 오른쪽으로 기울고 시선은 바닥을 향했다.

뜻밖에 시원하게 내뱉은 말에 어떻게 반응해야 할지 몰랐다. 생각해 보면 오카다에게 여자가 있는 기색이 없는 쪽이 더 이상하다. 여자를 만날 기회는 원하기만 하면 얼마든지 있을 텐데, 그는 적극적으로 이성과 관여하려 들지도 않는다. 자신의 반응을 기다리는 오카다에게 노부요시가 겨우 한 말은 "잘하셨네요"였다.

익숙지 않은 상황에 처한 것이다. 일터에서 여기저기 부딪치고 매일 하던 결정이나 습관이 조금씩 무너지는 일이 일어나도 이상할 것이 없다.

"결혼하시는 거예요?"

"그걸 모르겠어."

거절하지도 결심하지도 않았다고 한다. 말수도 적고 표정도 딱딱하다. 싫으시면, 하고 말하다 중간에 그만두었다. 오카다가 만약 상대방에게 거절당하는 상황을 유도하는 남자라면 노부요시가 그의 작업과 인품을 이토록 우러러보는 일도 없었을 터였다.

"무슨 곤란한 일이라도 있으신가요?"

"뭐라고 해야 하나, 마음씨가 고운 사람이긴 하지. 홀로 된 어머니가 요양 시설에 계시는데, 달이 갈수록 쇠약해지신다고 하더군."

"그런 상황에서 맞선을 봤다고요?"

그렇다니까, 하고 오카다가 이제야 알아주는군, 하는 얼굴로 상체를 내밀었다. 유메지의 머그잔을 탁자에 놓고 팔짱을 낀다. 덩달아 노부요시도 먼로의 머그잔을 탁자에 놓았다.

오카다는 살피는 듯한 눈초리로 재빨리 말했다.

"아내가 자네 이상형이었나?"

오카다의 입에서 그런 말이 나왔다는 것도 놀랍지만, 사유미가 이상형이냐는 질문에 즉시 고개를 힘껏 끄덕이지 못한 자신 때문에 더욱 말문이 막혔다.

"같이 사는 아내가 이상형인지 아닌지 물으셔도."

먼로나 유메지의 이야기가 아닌 현실에서 아내로 맞이한

여자에 관해서였다. 조금 전과 확 달라진 분위기로 오카다가 진지하게 물었다.

말문이 막힌 사이 깨달은 것이 있다. 오카다가 쉰이 넘도록 결혼을 단행하지 못한 이유가 만약 높은 이상형 때문이라면 먼로도 유메지도 이해가 간다.

"선생님, 설마 맞선 상대가 선생님 이상형인지 아닌지로 고민하고 계시는 건 아니죠?"

이제 와서, 라고 말할 뻔한 것을 꾹 참았다. 오카다가 고개를 가로저었다. 문득 책상 위에 있는 체크 원고를 청서했을 때가 떠올랐다. 이번 주제가 그야말로 '이상형인 여자'였다. 노부요시의 시선을 알아차린 오카다가 유메지의 그림으로 자신의 겸연쩍은 표정을 감추었다. 원고 속에서 오카다가 열띤 어조로 언급한 여배우를 떠올린다. 노부요시는 "실례입니다만" 하고 작게 운을 뗐다.

"제 아내가 이상형인지는 바로 대답이 나오지 않지만, 적어도 오드리 헵번이 아닌 건 맞습니다."

그래, 하고 오카다가 고개를 끄덕이고 책상 위를 돌아본 뒤 다시 정면을 향했다. 그러고는 노부요시에게 이상형인 여성이나 인물이 있느냐고 물었다. 이때 '인물'까지 포함해서 물어본 것이 오카다다웠다.

"글쎄요, 생각해 보질 않아서요."

이런 질문을 받았을 때 대부분의 남자가 할 법한 무난한 대답이 튀어나와 양심에 아주 조금 찔렸다.

"딱히 오드리 헵번이나 요시나가 사유리 같은 고전 미인을 바라는 건 아니지만. 뭐랄까, 아무리 나이를 먹어도 말할 때 거침없이 툭툭 내뱉지 않고 귀엽게 말하는 사람이 좋지 않나?"

"툭툭, 은 안 되는 건가요?"

"영 부담스러워서. 그런데 젊은 여자가 그러면 또 괜찮으니 나도 참 못 말리는군. 나이로 차별하려는 건 아닌데, 이성으로 느껴지는 연령대의 여자에게는 이상하게 너그러워지지가 않아."

띠동갑이나 두 바퀴 띠동갑의 연하에게 너그러워지는 것은 노부요시도 왠지 알 것 같다. 젊은 여자 앞에서는 노부요시 또한 '나는 안전'하다고 주장할 것이다. 무엇이 안전한지 주장한 단계에서 속셈이 탄로 나는 셈이지만 흔히 있는 방어책이다. 비굴한 벽을 돌파할 수 있는 것은 극소수에 불과하다.

오카다가 유메지의 머그잔으로 얼굴을 반쯤 가린 채 말했다.

"사람은 나이를 먹으면 심보가 조금 고약해지지. 반짝반짝한 것에 대한 불신감 같은 거 말이야."

"맞선 상대가 툭툭에, 반짝반짝이었어요?"

"백화점 귀금속 매장에서 일하는, 어떤 의미에서는 반짝반짝한 오십 대 여성이지. 시설에 계시는 어머니가 딸의 얼굴을 거의 기억하지 못한다고 하더군. 약 때문에 그런 것도 있다던데. 그런 어머니를 보고 있으면 자신은 무조건 남자가 곁에 있어야 한다는 생각이 든다고 하더군."

새로운 만남을 원해서 상사에게 중매를 부탁했다는 그 사람은 처음 만난 날에 자신이 처한 상황을 털어놓고, 나중에 혼인신고를 하든 말든 상관없으며 지금 자신이 마음에 들면 교제하자고 진지한 눈빛으로 말했다고 한다.

"흔히 말하는 맞선과는 조금 다르더군. 백화점이라는 화려한 직장에서 일하는 몸차림이 단정한 여자라면 결혼을 전제로 하지 않는 교제 상대는 얼마든지 찾을 수 있을 줄 알았던 거지."

쉰이 넘은 귀금속 매장 주임은 자신은 남자 보는 눈이 없다며 상사에게 혼담을 부탁했다. 상대가 초혼일 것, 조직에 속하지 않고 일하고 있을 것, 취미와 친구가 적을 것을 조건으로 내걸어 당혹해하면서도 상사가 제일 먼저 떠올린 사람이 영화 평론을 생업으로 하는 오카다 구니오였다.

"그런 이야기를 처음 만난 남자에게 아무 거리낌 없이 하더군."

"툭툭, 하고는 조금 다른 것 같은데요."

음, 하고 이따금 시원찮은 대답이 돌아왔다. 당혹해하는 모습도 보이지만 오카다는 이 맞선 상대가 싫지만은 않은 것 같다는 생각이 들었다. 그게 아니라면 최근 들어 멍하니 저지르는 실수가 설명되지 않는다.

"사정이 그렇더라도 가능하면 그 부분은 숨겼으면 싶더군. 본심이라는 것도 일종의 폭력이니 말이야. 굳이 하지 않아도 되는 이야기를 꼭 밝혀야만 이해해 주는 남자로 비친 것 같아 유감이더군."

그 후 상대가 요구한 것은 반짝반짝은 털끝만큼도 없는 간소한 것이었다.

──앞으로 점점 아는 것이 아무것도 없어지는 어머니의 죽음을, 옆에서 함께 지켜봐 줬으면 좋겠어.

"결국 가끔 만나서 어머니가 입소한 시설에 가서 영화 이야기를 하며 식사를 하고 돌아오고 있지."

더 야릇한 이야기도 있을 것 같지만 그 부분은 전혀 진전이 없다고 한다. 내면의 온도를 알게 된 까닭에 체온을 확인하는 기회를 놓치는 일도 있는 모양이다. 자신의 분별력에 당황하고 있는 오카다가 영화 이야기를 하며 식사하는 장면을 머릿속에 그려 본다. 노부요시는 마음이 편안해졌다.

"그건 어른의 차분한 이성 교제라고 생각합니다."

이상형 운운하던 질문은 노부요시가 아닌 오카다 자신에게

향한 것이었다. 실수가 잦았던 원인이 '이대로 괜찮은가' 하
는 의문 때문이었다는 것을 알게 되었으니 이제 노부요시가
사무실 가구의 간격을 좀 더 넓히면 된다.

그날 그녀에 관해 다시 이야기하게 된 것은 출판사에 원고
를 보내고, 내일 사용할 자료의 정리를 마친 뒤 퇴근하려던
참이었다.

"노부요시 군, 실은 그녀가 넷이서 식사를 하고 싶다고 하
더군."

"넷이라니, 누구누구 말인가요?"

"자네 부부와 우리 둘이지."

오른쪽으로 기울인 얼굴에 쑥스러움과 어색함이 깃들어 있
고 눈동자가 이리저리 흔들린다. 노부요시는 다음 말을 기다
렸다.

"좀처럼 말을 꺼내기가 쉽지 않더군. 아침에는 정보를 주
는 순서가 틀렸던 것 같아. 먼저 이 말을 했어야 했는데."

넷이서 식사, 라는 제안이 오카다의 머리를 떠나지 못한
시간을 생각하면 노부요시도 더 이상 주저하는 기색을 보일
수는 없었다.

"아내도 좋아할 겁니다."

꺼내지 못한 한마디는 저녁때를 기다렸다가 오카다에게서
노부요시로 옮겨 왔다. 한 달 전에 직장을 집 근처 개인병원

으로 옮긴 사유미는 20퍼센트 정도 줄어든 수입으로 살림을 꾸리기 위해 전보다 더 생활비를 아끼려 애쓴다. 노부요시가 일하기 시작하면서 어느 정도 저축도 하고 있지만 지갑은 쉽 사리 열리지 않았다.

네 명이 식사를 하게 되면 아무래도 신경이 쓰인다. 노부 요시는 역 승강장에서 땀내 나는 바람을 맞으며 지갑 속을 걱정했다.

오봉(조상의 넋을 기리는 일본의 8월 15일 명절)을 앞둔 평일 밤에 넷이서 식사를 하게 되었다.

실외는 저녁이 되어도 25도 밑으로 떨어지지 않는다. 열대 야가 거의 보름 동안 이어지는 이 시기에 설마 백화점 오코 노미야키(고기, 채소, 해물 등을 밀가루 반죽에 버무려 철판 에 구운 뒤 소스를 뿌려 먹는 음식) 집에서 철판 앞에 둘러 앉게 될 줄은 몰랐다.

오카다 옆에 있는 그녀는 통통한 두 손을 가슴 앞에 포개 고 네 명의 식사를 매우 기뻐하고 있다. 이 가게를 고른 것 도 그녀였다. 자 그럼, 하고 오카다가 그녀 앞에서 잘 보이고 싶은지 짐짓 미소를 머금고 정식으로 그녀를 소개했다.

"오무라 유리입니다. 이 백화점 귀금속 매장에서 근무하고 있어요. 제가 억지를 부려 이 자리를 마련했는데도 나와 주

서서 감사합니다. 두 분을 뵙게 되어 정말 반갑습니다."

말의 후반에는 사유미에게 시선이 고정되어 있었다. 노부요시는 '오무라 유리'라는 이름을 머릿속에서 되뇌었다. 그녀를 실제로 보니 과연 납득이 되었다. 오드리 헵번이나 요시나가 사유리 같은 고전 미인을 바라는 건 아니지만, 하고 말한 오카다의 말이 머리를 스쳤다. 그녀는 이목구비가 큼직한 대신 화장이 엷고 전체적으로 둥그스름한 인상이다. 귀금속 매장에서 일한다기에 긴장하고 있었지만 그녀는 목에도, 손가락에도 액세서리를 하지 않았다. 흰 티셔츠에 엷은 파란색 카디건 차림이다.

그녀가 예민해 보이는 오카다 옆에 있는 모습을 보니 그것만으로 남녀의 연륜이나 한 쌍의 장식물을 보는 것처럼 마음이 편안해졌다. 연령도 용모와 자태도 온화함에 감싸여 있다. 무엇보다 낯을 가리는 사유미가 단숨에 그녀의 포용력에 이끌리는 느낌이 들어서 노부요시는 안심이 되었다.

"백화점 귀금속 매장은 일부 허락된 사람만 들어갈 수 있는 느낌이 들어요."

"눈 호강을 한다면서 한 바퀴 쭉 둘러보고 웃으면서 그냥 나가는 사람들이 대부분이랍니다. 언제든 좋으니 놀러 오세요."

밖은 열대야지만 에어컨 바람이 시원한 가게 안에서 철판을 사이에 두고 앉아 있었다. 하이볼과 쇠심찜, 달걀말이를 집어 먹으면서 오코노미야키가 완성되기를 기다렸다. 가게 이름을 들었을 때 가슴을 쓸어내렸던 것이 떠오른다. 금액이 그리 비싸지 않으리라는 예감에 구원받은 동시에 넷이서 식사를 하게 된 경위에 생각이 미쳤다.

오무라 유리가 맞선 상대에게 내건 조건 중 하나가 '취미와 친구가 적을 것'이었다. 왜일까 생각하면서 사지도 않을 귀금속과 보석에 대해 이런저런 이야기를 하는 사유미 옆에서 쇠심찜을 먹었다. 두 여자의 대화를 떠들썩한 소리가 감싸고 있다. 조용한 가게에서 익숙지 않은 포크와 나이프를 사용하는 것보다 훨씬 편하다. 오카다도 하이볼을 마시면서 이 시간이 싫지만은 않은 얼굴을 하고 있었다.

"오카다 씨에게 두 사람 이야기를 듣고부터 계속 만나고 싶었어. 남편분은 영화 각본을 쓰신다지?"

사유미의 말이 멈춘 것을 이어받아 하는 수 없이, 취미의 범위에서 쓴다고 대답했다.

"현실에서 일어난 일을 힌트 삼기도 하나요?"

"아뇨, 꼭 그런 건 아닙니다. 아무래도 아마추어라 누구한테 보일 만한 건 아닙니다."

오카다가 두 잔째 하이볼을 주문하고 나서 대화에 끼어들었다.

"나는 얼마 전 응모작은 좋은 결과가 나올 거라 생각하네."

사유미의 얼굴이 노부요시를 향했다. 응모에 대해서는 말하지 않았다. 장인어른의 소개로 얻은 일을 하면서 아직도 꿈의 뒤꽁무니를 놓지 못하고 있었다. 고용주인 오카다에게는 말할 수 있어도 사유미에게 알려지는 것은 왜 이렇게 거북한 걸까.

"그런가요."

말끝을 흐리고 하이볼을 들이켰다. 종업원이 두 잔째 하이볼을 가져온 뒤, 철판 위에 나란히 놓인 오코노미야키 두 장을 뒤집어 주었다. 덩달아 무방비하게 노출된 노부요시의 기분도 뒤집혔다. 어쩐지 건너편의 시선이 뜨겁다. 사유미가 앞으로 쏠렸던 상체를 등받이에 붙였다.

오카다가 분위기를 띄우려는지 "그거 정말 괜찮더군" 하고 다시 말했다. 유리가 눈동자를 반짝이며 어떤 내용인지 묻는다. 두 남자는 서로 완전히 질이 다른 불편함을 품고 있었다. 오카다가 도망갈 구실 대신 더 이상 설명하게 놔둬서는 안 된다.

"고령의 어머니와 외아들의 시시한 일상입니다."

시시하다는 말은 괜히 붙였나 반성하면서 사유미의 반응을 살폈다. 정확히는 고령의 어머니와 외아들과 며느리의 이야기였다. 여전히 각본 응모를 계속하고 있다는 것을 사유미가 알게 된 것으로 오늘은 이미 막다른 길이다. 이제 집에 가서 별 탈 없이 있다가 샤워를 하고 잠들고 싶다. 사유미가 모르는 것을 오카다가 알고 있다는 것은 역시 마음이 불편했다. 이 화제에서 어떻게 벗어나야 할지 고민하는 노부요시 옆에서 사유미가 말했다.

"좋은 것 같아."

"나도."

그 자리를 포근히 감싸는 목소리가 오무라 유리의 매력이었다니.

노부요시는 도망치는 속도가 느린 자신에게 실망했다. 그러고 있는 사이에도 작은 수치심이 연달아 치밀어 올랐다. 사유미가 유리의 반응을 기뻐하는 것이 아무래도 불안하다. 여자들은 서로 얼굴을 마주 보고 의지할 곳을 얻은 것처럼 딱 버티고 앉아 있다. 두 남자는 화제가 자신을 향하지 않도록 몸을 꼬불꼬불 비틀고 있을 뿐이었다.

종업원이 오더니 오코노미야키에 소스와 마요네즈를 뿌렸다. 익숙한 손놀림으로 오코노미야키를 사 등분한 다음 노부요시와 사유미의 앞접시에 한 조각씩 잽싸게 올려 주었다.

오코노미야키를 두 개째 먹고 있을 때 유리가 불쑥 "좋은 시간이네" 하고 중얼거렸다. 누구보다 먼저 사유미가 "네" 하고 대답한다. 여자들에게는 이미 안심의 강가(일본의 국민적

인기밴드 '고메고메클럽'의 보컬 이시이 다쓰야의 노래로, 상처를 따뜻하게 감싸고 위로해 줄 테니 모든 것을 내맡기고 안심의 강가로 가자는 내용이다.)가 있는 듯하다.

"고령의 어머니와 외동딸의 시시한 일상도 제법 쓸 만했답니다."

가벼운 목소리와 과거형의 말에서 그녀와 어머니의 관계가 그리 건조하지 않았다는 것을 알 수 있었다. 오카다 씨에게 들었을 테지만, 하고 그녀가 계속했다.

"어머니가 당신 나이도 잊어버리고 외출해도 집에 돌아오지 못하게 되더니 놀랄 만큼 빠른 속도로 아버지와 둘이서 살았던 시절로 가 버리고 말았어요. 당신에게 가장 선명했던 시간으로, 마치 일을 마치고 집에 가는 것처럼 말이에요."

어느 순간 꿈에서 깬 표정의 어머니가 "널 잊으면 어떡하니" 하고 불안해하여 그녀는 서슴없이 "잊어도 돼" 하고 대답했다고 한다.

"어머니의 마음을 이곳에 붙잡아 둘 수 없다는 것을 깨닫고 어머니를 돌보는 일을 남의 손에 맡기기로 결심했어요. 어머니가 나를 잊어 가는 건 자연스러운 일이었죠. 그 편이 분명 서로에게 슬프지 않은 거예요."

그녀는 철판 위가 허전해졌을 무렵 볶음면 2인분을 주문했다. 오카다는 노부요시와 눈을 마주치지 않고 하이볼을 홀짝 홀짝 마시고 있다. 사유미는 술에는 별로 손을 대지 않고 있다. 이런 상황은 부담스러울 텐데 어느새 유리의 페이스를 맞추고 있다.

"오카다 씨와 교제하는 까닭은 어머니를 함께 간호해 주길 바라서가 아니라, 어머니가 잊어 가는 나를 누군가 지켜봐 주길 바라서였어요. 동성이면 안 되는 거죠. 언제고 동정심이 깃들 수 있으니 서로에게 좋지 않거든요. 문득 주위를 둘러보니 직장과 직장 밖에도 지인은 많지만 이성으로 여길 만한 상대가 없다는 걸 깨달았죠."

"왜 맞선이라는 형태를 선택하셨나요?"

사유미가 상체를 앞으로 살짝 내밀고 물었다.

"알아 가는 시간을 기다릴 수가 없었거든. 원래는 시간을 들여서 서로가 원하는 이상적인 사람으로 성장하는 것이 좋겠지만, 나에게는 이미 그런 데 쓸 시간이 없다는 걸 깨달아 버렸어. 지금껏 열심히 일해 왔고 이제 슬슬 고집을 피워도 되는 나이라고 생각했으니까, 사치라는 걸 알면서도 '이미 완성된 남성을 소개해 주세요' 하고 상사에게 부탁했지."

그런 대화가 여러 번 있었는지 옆의 오카다는 꿈쩍도 하지 않는다. 네 사람의 식사 자리는 서로의 상대를 소개하는 기회이면서 남자의 도량을 시험하는 자리이기도 했다.

"나는 이 사람에게 실험 기구 같은 거였지."

유리는 밉살스럽게 말하는 오카다를 미소로 넘겼다. 승리의 깃발은 여자의 손에 있었다.

9월의 끝 무렵에 오무라 유리의 어머니는 병동으로 옮겨졌다. 폐가 하얗게 변했다는 말을 들은 지 며칠 뒤의 아침이었다. 출근한 노부요시에게 오카다가 말했다.

"오늘 아침에 조용히 숨을 거두셨어. 저승사자라는 건 돌아가시는 분이 진심으로 바라는 사람이 오는 걸지도 모르겠더군. 병실에 낯선 머릿기름 냄새가 난다 했더니 유리 씨가 '이 냄새는 아버지 냄새야' 하고 말했으니. 나는 오늘과 내일은 그녀 곁에 있어 줄 거야. 여벌 열쇠를 맡길 테니 문단속 잘 부탁하네."

장례 일정을 묻자 전부 오카다와 유리 둘이서 치르겠다고 한다.

"유리 씨는 이제 정말 혼자야. 어제 위독하다는 연락을 받고 병실에 갔더니 나 말고는 없더군. 알릴 곳도 없는 것 같아."

오카다는 애용하는 원고지와 자료를 '마음을 가라앉히는 용도'라고 말하면서 가방에 넣고, 예복을 챙겨 집을 나섰다. 아침에 부는 바람은 완전히 가을의 것으로, 하늘은 질리도록 파랬다. 노부요시는 현관에서 오카다를 배웅하고 사무실로 돌아왔다. 유리의 어머니를 끝까지 간호한 오카다가 다음에 어떤 원고를 쓸지 기대되었다.

오카다뿐만 아니라 노부요시의 가슴속에서도 이상형인 여자는 점점 모습을 바꾸어 갔다. 사유미도 처음 만났을 무렵의 허무하던 분위기가 자취를 감추고 최근에는 유리라는 안내서를 얻어 갈수록 강인해졌다.

어제 응모한 각본이 최종 심사에 남았다는 연락을 받았다. 방송국에서 주최하는 신인 발굴 프로젝트다. 기쁨을 감추고 소식을 전했을 때 사유미는 노부요시가 기대한 만큼 흥분하지는 않았다. 노부요시보다 한 발 빨리 현실로 돌아온 것이리라.

──고령의 어머니와 외아들 외에 다른 등장인물은 없어?

──아들의 아내가 나와.

──아들의 아내는 어떤 사람이야?

──올곧고 눈물을 잘 흘려. 그리고 질투심도 많고.

──두 사람에게 자식은 있어?

──아니, 없어.

오카다의 작업실을 둘러본다. 책상은 깨끗이 정돈되어 있다.

우선 한여름에 신세를 진 선풍기 날개를 분리해 세제를 뿌리면서 부품의 때를 꼼꼼히 벗겼다. 원래대로 조립해서 창고방에 넣었다. 늘 있던 곳에서 없어지고 나서야 선풍기가 차지했던 자리와 바람을 보내왔던 곳이 보이기 시작했다. 다음에 꺼낼 때는 자신들의 상황 또한 달라져 있을 것이다.

그날 노부요시는 마룻바닥 구석구석 청소기를 돌리고 왁스칠을 하고 굴뚝의 먼지를 제거하고 싱크대를 닦았다. 이렇게 해 두면 연말 대청소로 허둥대지 않아도 된다. 불과 얼마 전까지만 해도 덥다 소리를 입에 달고 살았건만 이제 석 달만 있으면 또 연말이다.

문득 어머니 데루가 떠올랐다. 돌아가신 지 벌써 2년이 되었구나 싶을 즈음 콧속이 시큰거려 왔다.

— 아니, 왜 이제 와서.

윤이 나게 닦은 바닥에 눈물이 한 방울 똑 떨어졌다.

데루와 마지막으로 먹은 장어덮밥, 노망이 난 어머니가 사유미와 처음에 어떻게 만났는지 물었던 것, 그저 성가시기만 했던 통원 동행, 본가에 드나들었을 때 느꼈던 조바심이 단숨에 밀려 들어왔다.

지금 이 시기이기 때문에 이토록 눈물이 쉽게 나오는 것이다. 뭐든지 다 늦기 때문에 안심하고 기억해 낼 수 있는 것이 있다. 울어서 오늘을 씻어 낼 만큼 시간이 흘렀다.

눈꺼풀에 귀뚜라미를 수풀로 옮기고 있던 여름밤 사유미의 모습이 떠오른다. 여자 혼자 슈퍼마켓 입구에 웅크려 앉아 있었다. 여자가 일어서자 뭘 하고 있었느냐고 묻는 노부요시에게 그녀는 '귀뚜라미를 놔주었다'고 대답했다. 밟히는 쪽도 밟는 쪽도 얼마나 싫겠냐면서——. 그 말과 웃는 얼굴과 타이밍과 마음씨, 끌렸던 이유는 죄다 나중에 덧붙인 것이다.

손이 닿는 귀뚜라미를 전부 수풀로 옮긴 그녀에게 노부요시는 "당신은 좋은 사람이군요"라고 말하지 않았던가.

사유미와의 만남을 누군가에게 이야기하길 잘했다. 그것이 돌아가시기 직전의 어머니였던 것은 더할 나위 없다. 오무라 유리의 어머니는 딸과 오카다의 첫 만남에 대해 알고 있었을까. 현실은 언제나 살아남은 자가 떠맡는 짐이다.

저녁 무렵에 오카다에게 짧은 전화가 왔다. 문단속 확인과 내일부터 착수하는 조사 자료에 대한 지시였다. 유리는 어쩌고 있는지 물어봤다.

"당할 수가 없어. 아주 굳센 사람이거든."

오카다의 무의식에 그녀가 이상형이었는지 물어보고 싶어졌다. 축축한 감정이 알기 쉬운 대답을 원하는 것일 뿐임을 깨닫고 그만두었다.

귀뚜라미를 놔주는 여자의 흰 손가락을 머릿속에 그려 봤다. 사유미가 옆에 있는 동안 자신은 지독한 슬픔은 맞닥뜨리지 않고 넘어가는 기분이 들었다. 둘이 있으면 부모의 죽음조차 흘러가는 풍경이 된다.

휴대폰을 주머니에 넣었다.

조용한 사무실 구석에서 귀뚜라미 날갯짓 소리가 들려왔다.

10

행복론

병원 대합실 창밖으로 쾌속 열차가 지나간다. 건널목 차단기가 천천히 두 손을 올린다. 전철역에서 걸어서 3분 거리에 있는 '하마구치 내과'로 이직하고 나서 아침저녁으로 느긋한 시간이 흐르고 있다. 지금껏 출퇴근에 사용한 왕복 두 시간을 오롯이 자신을 위해 사용할 수 있는 것은 사유미에게 사치스러운 일이었다.

11월의 끝자락이 되자 독감 유행 예측이 발표되어 예방접종을 위한 내원이 많아졌다. 오늘도 아침부터 문진표가 쌓여 있었다.

——이즈미 씨, 이즈미 다키 씨. 진찰실로 들어오십시오.

다음 환자는 옆집에 사는 할머니였다. 집 근처 내과 의원에서 근무하면 이런 일도 있구나 싶었다. 사유미는 미닫이문을 붙잡고 다키를 진찰실로 들였다.

등을 쪽 펴고 고개를 기울여 사유미를 올려다본 할머니의 눈이 "오!" 하고 멈췄다. 사유미는 미소로 답했다. 이런 상황에서 무표정으로 넘어가는 요령을 사유미는 터득하지 못했다.

"선생님, 오랜만이시구려."

진찰 의자에 앉은 다키에게 원장 하마구치가 "그 후에는 좀 어떠세요?" 하고 말을 건넸다. 이미 진료 기록부가 있지만, 사유미가 일하기 시작한 5개월 동안에는 그녀가 내원한 기억이 없다. 이즈미 다키가 여유로운 미소를 띠고 짧게 대답했다.

"어떻고 자시고 할 것도 없다오."

"그 후 검사는 받으신 거죠?"

"마을 자치회의 노인 건강검진에서는 이상 없다고 합디다."

"언제 적 일인가요?"

"작년인가 재작년인가."

"그 후 감기로 내원하셨을 때 제가 드린 말씀은 기억 안 나세요?"

평소에는 친절한 원장의 미간에 주름이 잔뜩 잡혔다. 그 반면 다키는 시치미를 떼듯 평온한 얼굴을 하고 있다. 두 사람 모두 자글자글한 주름살 사이로 각자의 불만을 끼워 넣고 있는 듯하다.

"설비가 잘 갖추어진 병원이 근처에 있으니 가슴 검사를 한번 제대로 받으셔야 한다고 말씀드렸잖아요."

"지금 딱히 아픈 데도 없구먼. 마흔을 넘었을 때, 어쨌든 부모님보다 오래 사는구나 싶어 안심됩디다. 이 나이 먹고도 아무것도 나오지 않으면 앞으로 살날이 오히려 지겨워진다니까. 뭐가 있긴 있구나, 하고 조금 걱정되는 편이 딱 좋단 말이지. 매일 잘 살아야겠다고 다짐하게 되기도 하고."

독감 예방접종 문진표를 체크하면서 원장이 "이것 참 난감한 분이로군" 하고 중얼거렸다. 가슴 소리를 듣겠습니다, 하고 말하자 다키가 두꺼운 스웨터를 위로 올렸다. 가슴 위까지 걷어 올린 스웨터 속에 내복을 여러 벌 겹쳐 입고 있었다. 원장이 청진기를 대고 목과 가슴의 상태를 확인한 다음 짧게 "예방접종은 다음에 하시죠" 하고 말했다.

"왜요, 선생님? 독감에 걸리면 그야말로 황천길 가는 거 아니에요?"

"큰 병원에서 검사를 받는 것이 우선입니다."

다키는 언짢은 표정을 숨기지 않고 "잘못 찾아왔구려" 하고 뻔뻔스럽게 쏘아붙였다. "안녕히 계시구려" 하고 진찰실을 나간다. 그녀가 나간 뒤 원장이 목이 뻣뻣한지 이리저리 돌렸다. 사유미가 다음 환자를 부를 무렵에는 대합실에 다키의 모습은 보이지 않았다.

그 후 사유미가 이즈미 다키를 만난 것은 사흘이 지난 주말이었다. 슈퍼마켓 한구석에서 달콤한 냄새를 솔솔 풍기고 있는 군고구마를 살까 말까 망설이고 있자, 뒤에서 "사 버려" 하고 말을 걸어 온 것이다.

"그럴 때는 확 사 버리는 거야. 아까부터 계속 군고구마랑 눈싸움을 하던데 망설이는 사이에 죄다 없어진다니까."

"냄새가 좋길래, 그만."

"이런 건 원래 냄새에 낚여 사는 거라오. 맛있을 것 같으면 확 사 버려."

과감하게 단언하는 말에 그렇구나, 하고 끄덕이면서 장바구니에 들어 있는 채소와 달걀, 낫토를 한쪽으로 밀어 넣고 군고구마 봉투를 넣었다. 다키도 군고구마를 하나 장바구니에 넣는다.

"남이 사면 괜히 나까지 먹고 싶어진다니까."

그녀가 환하게 웃자 주름살이 밀려 올라가며 뺨에 묘한 장난기가 어렸다. 이웃한 계산대에서 동시에 계산을 마치고 식료품을 에코백에 담았다. 등에는 배낭, 오른손에는 에코백, 왼손에는 따뜻한 군고구마 봉투를 들자 바로 옆에서 다키가 웃음을 터뜨렸다.

"에구머니나, 옛날에 본 친척 아주머니 같네."

얇은 오리털 파카와 일자 청바지는 확실히 유행과는 거리가 먼 복장이다. 다키가 깔깔 웃으면서 사유미를 재촉하여 슈퍼를 나왔다. 사유미는 다키와 함께 겨울 하늘 아래를 걷기 시작했다. 그러고 보니 옆에 있는 드럭스토어에 들러 피임도구를 살 기회를 놓치고 말았다.

길가에 시들지 않고 꿋꿋하게 살아남은 식물은 이미 언제 눈이 와도 버틸 수 있도록 몸을 웅크리고 있다. 여름내 초록을 뽐낸 나무는 보온 덮개를 씌운 것과 그렇지 않은 것으로 나뉘어 있었다. 키 작은 집들이 즐비한 주택가는 주말이 되면 교통량이 증가한다. 다키는 몸에 불안을 품고 있다고는 보이지 않는 총총걸음으로 사유미와 나란히 걸었다. 다릿심이 어찌나 좋은지 사유미를 두고 가 버릴 것 같았다. 횡단보도 신호를 기다리던 중 문득 원장의 한숨이 떠올랐다.

"독감 예방에는 백신도 효과가 있지만 양치질과 손 씻기, 무엇보다 사람이 많은 곳에 가지 않으면 어느 정도 예방할 수 있어요."

"아, 잡지에도 그렇게 쓰여 있었지. 녹차로 입 안을 헹궈라, 식염수로 코 세척을 하라. 독감 예방접종이 매년 달라지는 건 어떻게 안 되나."

"예방은 관심을 갖고 즐기는 것도 중요하다고 생각해요."

신호가 빨간불에서 파란불로 바뀌었다. 횡단보도 가장자리의 흰 선을 향해 한 걸음 내디디며 다키가 "세상은 참 지루할 틈이 없구려" 하고 중얼거렸다.

"오늘 노부요시 군은 같이 안 왔네?"

"급한 일이 있는지 휴일 출근을 했어요."

다키는 성실하네, 하고 대꾸한 뒤 10미터쯤 말없이 걷더니 사유미의 얼굴을 들여다보았다.

"우리 집 양반도 오늘은 기원에 갔다오. 이렇게 된 거 군고구마나 같이 먹읍시다. 마침 단무지 간도 봐야 하고."

점점 다키의 페이스에 말려들고 있다. 직업상 노인이 의지해 오는 일이 많지만 또 그만큼 깊이 관여하지 않으려 노력해 왔다. 친절의 뒷면에 건강에 대한 불안이 있다는 것은 본인들도 잘 알아차리지 못한다.

사유미는 식료품을 냉장고에 집어넣고, 한 개에 190엔 하는 군고구마를 가지고 옆집인 이즈미 가(家)을 방문하게 되었다. 군고구마는 다 식어 있었다. 저 먹을 것만 가지고 가기가 뭣해서 선물 받은 온천 찐빵을 두 개 챙겼다.

현관을 나가 다섯 걸음만 가면 이즈미 다키의 집이다. 노부요시는 이웃한 두 집안의 오랜 사귐과 옛날이야기를 들려준 적이 없다. 돌아가신 시어머니와 다키를 동시에 떠올려 봐도 정답게 차 마시는 장면은 상상하기 어렵다. 시어머니의 까다로운 성격을 생각하면 두 사람의 마음이 맞았을 것 같지도 않다. '호출' 부분의 색이 완전히 바랜 초인종을 눌렀다. 곧바로 나온 다키는 병원에 왔을 때 입은 스웨터와 담요 같은 랩스커트를 걸치고 있었다.

"어서 와. 자, 들어오시구려."

다키의 환영에 당황하면서 운동화를 벗어 가지런히 정리했다. 가로세로 1.8미터 크기의 현관에서 일어설 때 사유미는 신발장 위에서 신기한 장식물을 발견했다. 노부부의 취미라기에는 고개가 갸웃거려지는, 상당히 괴상하게 생긴 고양이 장식물이었다. 작은 머리에 뚱뚱한 배, 짧은 꼬리. 배꼽에는 가위표가 그려져 있다. 겨우 고양이라는 것을 알 수 있는 생김새다. 사유미의 시선을 알아차린 다키가 흐뭇해하며 장식물을 가리켰다.

"그거 료 짱의 반려묘 나오미. 팬클럽 한정 판매 굿즈인 행운을 부르는 고양이인데, 료 짱이 그린 그림을 토대로 만든 거라오."

료 짱도, 고양이 나오미도 잘 모르겠다. 너무 자랑스럽게 말해서 질문을 할 수가 없었다. 다키가 추우니까 어서 들어오라며 손짓을 했다. 한 걸음 내디딘 이즈미 가의 거실에는 벽을 메우듯 달력과 제품 포스터, 오려 낸 주간지 기사, CD 재킷이 장식되어 있다. 사유미는 숨과 걸음을 동시에 멈추고 벽에서 환한 미소를 던지고 있는 청년을 쳐다봤다.

"료 짱이야."

청년의 매끄러운 얼굴을 본 기억이 있다. 어딘지 모르게 그리운 가요를 부르는 가수 사와다 료였다. 중년 여성에게 열렬한 지지를 받고 있다는 말은 들었지만 팬클럽에서 그의 반려묘 장식물까지 판매될 정도인 줄은 몰랐다.

사와다 료가 선전하는 발포주와 목캔디, 관광포스터가 다 닥다닥 붙은 벽을 보고 있으니 정신이 하나도 없다. 모든 눈이 전부 이쪽을 보고 있다. 그나마 벽걸이 난로 덕에 간신히 정신을 다잡을 수 있었다.

"기원은 이 근처인가요?"

다키는 고개를 가로저었다. 삿포로까지 나간다고 한다.

"그 양반은 직장 다니던 시절의 동료와 지금도 만날 만큼 건강한 노인이라오. 머리가 유연한 게 분명해."

'건강한 노인'이라는 말은 다키야말로 어울리는 듯하다. 벽에서 쏟아지는 청년 가수의 시선에 익숙해질 무렵 다키가 사와다 료의 노래를 틀기 시작했다. 목소리를 시원하게 뻗으며 고음을 깔끔하게 소화해 듣기가 편하다. 중년 여성 팬이 물심양면으로 지원하는 이 가수는 이제 막 서른이 되었다고 한다.

향기로운 녹차를 마셨다. 다키가 들려주는 사와다 료의 성공 이야기는 어쩐지 긴 소설의 줄거리 같았다. 한 입 크기로 자른 군고구마를 먹었다. 그리운 단맛이 퍼진다.

"그다음에 어떻게 되었냐면 료 짱이 십 대 시절부터 자살

시도를 반복해서 부모 속을 시커멓게 태웠는데, 어느 날 라디오에서 흘러나온 옛 노래를 듣고 깊은 감명을 받았지. 그 곡이 그의 운명을 바꾸었고."

사유미는 소형 스피커를 가리키는 그녀의 검지를 쳐다봤다. 지아키 나오미의 대히트곡이 젊은 가수의 음색으로 흐르고 있었다. 그래서 고양이 이름이 나오미구나 싶어 무릎을 탁 칠 뻔했다. 북쪽 지방의 오래된 가정집 거실이 이런 상태가 된 것을 알면 '료 짱'은 어떻게 생각할까.

"가수가 되겠다고 선언했을 때 부모님은 그가 살아갈 희망을 발견한 것을 무엇보다 기뻐했다는구려. 그래서 그와 부모님 모두에게 노래는 곧 목숨이라오."

맑은 눈동자로 그렇게 말하자 사유미는 그저 고개를 끄덕일 수밖에 없었다.

겨우 몇 미터 옆에 자신의 집이 있다는 것도, 벽에 붙은 잡지 기사와 포스터도, 노인의 신기할 정도로 허물없는 태도도 어딘지 꿈속에 지어진 공간을 연상케 했다. 대화의 끄트머리에 시어머니가 등장해도 사유미는 동요하지 않았다. 돌아가신 지 2년 남짓, 시어머니는 기억의 저편에서 미소 짓는 사람이 되었다. 하루하루를 애석함이 깃든 심정으로 보내는 마음 씀씀이도 느슨해졌다. 노부요시와 함께한 지 어느덧 오랜 시간이 지났다는 뜻이다.

261

두 시간 정도 사와다 료의 노래를 듣고 그의 과거 이야기를 들었다. 신나게 수다를 늘어놓는 다키의 말투는 거침이 없었다.

"오늘 같이 있어 줘서 고마우이. 가끔 놀러 오구려."

집에 갈 때 다키가 단무지 한 병이 든 비닐봉지와 여분으로 사 두었다는 료 짱의 CD를 사유미 손에 쥐어 주었다.

"안 돌려줘도 돼. 친해진 정표로."

이 집에 머무는 것은 병동의 일이 아니었다. 노인의 알기 쉬운 핑계도, 그녀가 일상에 품고 있는 고독도, 벽 한 면의 미소도 그 모든 것이 오늘에서 내일로 흘러가기 위한 바람이다.

사유미는 현관을 나와 새삼 초인종 위에 있는 이즈미 가의 명패를 봤다. 이즈미 조주로, 다키――. 그 옆에 있는 이름은 매직으로 까맣게 칠해져 있었다.

퇴근한 노부요시에게 안주 대신이라고 말하며 고구마맛탕과 단무지를 내주었다. 남편의 머리에서, 어깻죽지에서 겨울 냄새가 난다.

결국 입상을 놓친 각본은 두 번 고쳐 쓴 뒤 방송국 프로듀서에게 맡겼다. 잔잔한 내용이지만 방송국의 기획과 맞아떨어지는 시기가 오면 드라마 제작을 추진하고 싶다는 것이었다. 낙선 소식을 들음과 동시에 이상한 희망을 품을 수밖에 없게 된 노부요시와, 그 후 각본 이야기는 하지 않았다.

고구마맛탕의 경위를 알리자 노부요시의 눈꼬리에 부드러운 주름살이 올라갔다. 남편이 웃으면 생기는 주름살이 위를 향하는 것이 어쩐지 기쁘다.

"이즈미 씨네 아주머니는 건강하시구나."

"남편분은 삿포로에 있는 기원에 다니신대."

건강한 노인이라는 말이 잠시 머물다 지나갔다. 기원이라, 하고 노부요시가 중얼거린다.

"가끔 전철에서 만나거든. 아침에도 저녁에도."

"꽤 열심히 다니시나 봐."

"눈이 마주치면 서로 머리 숙여 인사하기도 하는데. 그렇구나, 기원에 가시는 거였구나."

청경채와 달걀볶음에 참기름을 살짝 뿌리고 버무린다. 낫토에는 쫑쫑 썬 파를 듬뿍 섞고 설탕과 간장으로 달짝지근하게 맛을 냈다. 저녁밥에서 피어오르는 김이 그날에 품고 있던 불안과 의문을 휘감아 천장으로 데려간다.

이즈미 다키가 사와다 료를 응원하고 있다고 말하자 노부요시가 놀란 얼굴을 한다.

"뜻밖이네. 옆집 아주머니는 내가 어렸을 때부터 동네에서도 무섭기로 소문난 호랑이 아줌마였거든. 공원이 지금처럼 정비되지 않은 시절에 여름방학 라디오 체조를 할 때면 태도가 불량한 아이들은 죄다 그 아주머니한테 꿀밤을 맞았다니까. 그런 아주머니가 가수를 쫓아다니다니, 정말이야?"

이웃사촌의 본모습은 보이는 것 같으면서도 보이지 않는다. 사유미는 고소한 참기름 냄새에 이끌려 그녀가 들려준 사와다 료의 데뷔 이야기를 식탁에 차려 놓았다.

십 대 시절 망나니처럼 살았던 날들과 결별하게 해 준 것이 노래였다는 이야기에 이르렀을 때, 그 전까지 신기하게 듣고 있던 노부요시의 표정이 어두워졌다.

"그 가수가 자살 시도를 반복했다고, 아주머니가 그렇게 말씀하셨어?"

"응, 가수가 된 계기에 대해 아주 뜨겁게 말씀하시던걸."

노부요시가 "흐음" 하고 시선을 이리저리 돌렸다.

"그렇게 뜻밖이야?"

"옆집 상황을 알면 돌아가신 어머니가 깜짝 놀라시겠다 싶어서."

그날 밤 식사를 마치고 난 뒤 노부요시가 사유미가 설거지한 그릇의 물기를 닦으며 불쑥 말했다.

"옆집 아주머니가 당신한테 딸 이야기는 안 하셨구나."

이즈미 씨네 집에는 노부요시보다 세 살 많은 외동딸이 있었다고 한다.

"내가 초등학교 때부터였으니 그 누나는 중학생이었을 거야. 아무튼 구급차가 자주 오는 집이었어."

옆집 외동딸은 부부가 귀하고 곱게 키운 꽃이었지만 중학교에 들어가더니 난동을 부리기 시작했다고 한다.

"아저씨는 직장에 다니고 아주머니는 집안일과 육아를 맡아 하는 평범한 집이었어."

한번은 학교 끝나고 왔는데 집 앞에 유리와 사기그릇 파편이 흩어져 있어 놀랐다고 한다.

"누나가 2층 창문에서 길거리로 내던졌다고 하더라. 아주머니가 빗자루와 쓰레받기를 들고 나와서 깨진 그릇 조각을 쓸어 담았어. 고개를 푹 숙이고 집에 들어갔다 나왔다 하면서 계속 청소하는 거야. 화내지도 않고 울지도 않고 한동안 청소만 했어."

상상하는 것만으로 가슴이 미어질 것 같은 풍경이었다. 이즈미 씨네 집 부엌은 1층 남쪽 구석에 있다. 거기에서 2층까지 그릇을 가지고 올라가 창밖으로 내던지는 소녀의 황폐한 마음은 어떤 것이었을까.

"아주머니는 딸이 그렇게 되고 나서는 동네 아이들을 혼내지 못하게 되었어. 동네 사람들은 또 다른 무서움으로 옆집을 바라보게 되었지."

이즈미 씨 일가는 동네의 시선 속에서 난동을 부리는 딸과 조용히 싸움을 계속했다. 딸은 항상 자살 시도로 일단락을

265

지었다. 결정타를 날리지 않는 상처를 몇 번이고 자신에게 입히면서 외동딸은 어른들의 온기를 갈구하고 온전한 정신을 찾아 헤맸다. 손목을 긋고, 감기약을 통째로 입에 털어 넣고, 어머니가 집에 없는 틈을 타 가스 밸브를 열어 놓았다. 그 어느 방법도 성공하지 않았다. 아니, 어쩌면 성공시키지 않았다.

사유미는 집 앞에 매일같이 구급차가 달려오는 일상을 상상하고는 몸을 떨었다. 어버이가 되어, 도대체 무슨 죄가 있어서 그런 날들을 겪어야 하는지 알 수가 없었다. 생각해 보면 자신도 외동딸이다. 부모를 떠올리면 무거운 책임감만 느껴진다. 외동이라는 점에서는 노부요시와 자신은 둘 다 바꿀 수 없는 지정석에 앉아 있는 것이나 마찬가지였다.

"나도 십 대 중반까지는 너무나 괴로워서 출구가 없는 것처럼 느껴진 적은 있지만 자살까지는 생각하지 않았어."

무슨 일로? 하고 노부요시가 물어 온다. 차마 실연이라고는 말하지 못하고 어깨를 으쓱해 보이며 얼버무렸다. 아까 본 이즈미 씨네 집 명패가 머릿속을 스친다.

"그 외동딸은 지금 어떻게 지낼까?"

"모르겠어. 언젠가부터 구급차 사이렌이 들리지 않게 되었어. 정확히 언제인지는 모르겠는데 내가 중학교를 졸업했을 무렵에는 옆집에 누나가 안 살았던 것 같아."

옆집과의 교류가 거의 없이 수십 년의 세월이 흘렀다. 사유미의 눈꺼풀에 그 명패가 떠올랐다가 사라졌다.

딸이 살았든 죽었든 부모의 죄는 계속된다. 관계의 전환점을 잘못 잡았다는 비난은 도대체 언제 누그러지는 걸까. 이즈미 다키가 가볍게 내뱉은 밉살스러운 말을 떠올리면 가족을 갖기가 조금 두려워진다.

"옆집의 몸 상태가 좀 걱정되네."

"아저씨? 아니면 아주머니?"

"아주머니."

잠시 망설이다 독감 예방접종을 하러 왔을 때 이야기를 했다. 노부요시의 말은 언제나 사유미를 편안하게 한다.

"가끔 여쭤보면 될 거야. 집요하지 않은 정도로. 우리 어머니가 툭하면 옆집은 자식 농사를 잘못 지었다고 하셨는데, 그러는 당신도 비슷한데 말이야. 자식 농사에 성공이니 실패니 그런 게 있나."

설거지를 해도 목욕을 해도 침대에 들어가 눈을 감아도 노부요시의 말이 머릿속을 떠나지 않았다. 이대로 단둘이 살고 싶은 것도 진심이고 언젠가 아이를 낳고 싶은 것도 거짓 없는 마음이다.

먹고사는 것만으로 벅찼던 시간을 그리워하는 사이에 여자의 나이는 빠른 걸음으로 또 다른 불안을 데려온다. 아이를 낳고 싶은 '언젠가'를 그리 먼 곳에 둘 수는 없다.

12월에 접어들자 열과 복통을 동반한 감기가 유행하기 시작했다. 사유미도 손 씻기와 양치질에 특별히 신경을 쓰고 있다. 대합실에서 감염될까 봐 걱정해서인지 증상이 가벼운 환자는 오히려 병원을 멀리하게 되었다. 아침부터 증상이 심한 환자를 대하느라 의료진 모두가 마스크를 쓰고 있다.

그날 진료 시간이 종료되기 직전에 온 사람은 이즈미 다키였다. 롱 패딩을 걸친 그녀는 어깻죽지가 조금 젖어 있었다.

"요 앞의 모퉁이를 도는 참에 눈이 시작됐지. 내일도 눈 예보가 있으니 이번에야말로 묵은눈이겠구려."

지난번 왔을 때보다 기분이 좋은 듯하다. 다키가 진찰 의자에 앉더니 여유롭게 말했다.

"시립 병원에서 검사했다오. 빈혈도 부정맥도 경과 관찰이니 백신을 접종해도 된다고 합디다."

가방에서 검사표를 꺼내 자신만만한 미소로 펼쳐 보였다. 원장은 말없이 검사표를 받아 들고 확인한 뒤 한숨을 하나 내쉬었다.

"큰 병원이니 거기서 그냥 접종하셔도 되었을 텐데요."

"괜찮다고 선생님께 알려 드리고 싶었지요."

원장은 "그렇습니까" 하고 끄덕이고 사유미에게 백신 지시를 내렸다. 진찰실 대화가 다 들리는 처치실에서는 벌써 준비를 하고 있었다.

다키는 어깨 결림에 효과가 있는 한방약 처방을 받고 만면에 웃음을 띠며 진찰실을 뒤로 했다. 다키의 승리에 찬 모습과 원장의 시큰둥한 표정에, 의원에 감돌고 있던 피로가 잠시 느슨해졌다. 동네 의사와 환자가 만들어 내는 기운을 느끼면 이곳으로 이직하길 잘했다는 생각이 든다.

일을 마치고 서둘러 퇴근할 준비를 하고 병원을 나서자 약국에서 나오는 다키와 우연히 마주쳤다. 낮은 하늘에서 눈이 팔랑팔랑 떨어진다. 하늘은 이제 곧 떨어뜨릴 눈 알갱이를 담아 두고 있는지 밤인데도 유난히 밝았다.

"마침 잘됐네. 나중에 댁에 들르려고 생각하던 참이었거든."

"무슨 일 있으세요?"

"모레 저녁에 5시부터 시간 있으려나?"

토요일은 점심까지 일하고 저녁에는 특별한 일이 없다. 말을 흐릴 수도 없어 순간 생각한 그대로 입 밖에 냈다. 다키의 목소리가 들떴다.

"잘됐구먼. 료 짱의 디너쇼가 있거든. 우리 집 양반이 가기 귀찮다고 해서 말이지. 모처럼 두 장 당첨되었는데 아깝지 뭐야."

삿포로의 호텔에서 사와다 료의 디너쇼가 열린다고 한다. 지난번에 받은 CD 패키지를 뜯지도 않았는데, 혹시라도 물어볼까 찜찜했다.

"모처럼 테이블을 돌면서 노래한다는데, 만약 독감에 걸리면 료 짱한테 옮기는 거잖아. 예방접종을 받아서 다행이라오. 내 심장이 이상하다니, 자네 병원 원장은 옛날부터 호들갑이라니까."

백신이 효과를 발휘하려면 며칠 더 기다려야 할 텐데, 하고 생각했다. 다키의 올곧은 눈동자에 기죽어 있는 사이 사유미는 거절할 기회를 놓쳤다.

"옷은 뭘 입고 가야 하나요? 디너쇼는 처음이라."

"평소 입던 대로 입으면 충분하구려. 스웨터도 괜찮고."

노부요시에게 비웃음을 당하며 결정한 복장은 짙은 감색 원피스였다. 어머니에게 받은 즉시 장롱에 처박아 둔 숄을 꺼내 어깨에 둘러 유행이 지난 원피스를 조금이나마 감추었다. 신발은 이미 눈의 계절이기도 해서 롱부츠를 신어 고비를 넘기기로 하니 그럭저럭 모양새를 갖추었다.

다키의 손에 이끌려 도착한 호텔 연회장은 화려하게 치장한 중년 여성 팬들로 가득해 숨 막힐 듯한 열기가 뿜어 올랐다.

금은사가 들어간 양장과 큼직한 귀걸이, 반지, 목걸이. 마치 별세계의 생물 같았다. 그 후 시작된 디너쇼 중반에 사유미는 신기한 광경을 봤다. 가수가 내민 손을 단단히 잡고 놔주지 않는 할머니, 다음 테이블로 이동하려는 그의 등에 달라붙는 팬. 가수는 그녀들의 손을 슬쩍 피하면서 노래를 계속 불렀다.

곡과 곡 사이에 지나온 과거와 앞으로의 포부를 밝히는 그의 이야기는 지난번 다키가 들려준 것과 거의 일치했지만, 섣달 그믐날의 홍백가합전(일본의 공영 방송 NHK에서 12월 31일에 방영하는 대표적인 연말 특집 프로그램)을 향한 의욕에 불타 연회장은 축하 분위기로 한껏 들떴다. 사와다 료에게는 마이크를 쥐고 내일을 이야기할 수 있는 화사함이 있었다.

시외에 있는 스키장이 대부분의 눈구름을 맡아 준 덕분에 삿포로의 중심부는 눈이 적었다. 연회장을 뒤로 하고 택시에 올라탄 뒤 사유미는 다키에게 감사 인사를 했다.

"재미있는 모임이었지?"

대답할 말을 고르고 있자, 밤빛을 나눠 받은 다키가 포근한 미소를 보였다.

"콘서트나 디너쇼에 갈 때마다 웃음이 터지는 광경을 본다오. 여기에 있으면 다들 집에 뭘 두고 왔길래 이러나 싶다니까. 나이도 먹을 만큼 먹은 할머니들이 떼 지어서 료 짱, 료

짱 하면서 어찌나 야단인지. 다들 왜 저러나 싶다가도 어느
새 나도 부채를 흔들고 있지. 그게 왠지 즐거워. 다들 체면이
고 뭐고 집어던지고 감정을 마음껏 발산하는데, 그런 시간이
허락되는 줄도 모르고 살아온 내가 우스꽝스러웠지. 서로 마
주 보고 웃으면서 뭔가를 허락하는 기분이랄까."

다키는 한바탕 웃은 다음, 불쑥 "질투심 유발에도 좋아" 하
고 말했다.

"질투심이요?"

"우리 집 양반이 갑자기 안 가겠다고 한 게 바로 질투 때
문이라오. 내가 매일 료 짱 타령을 하니까 내심 화가 치밀어
오른 게지. 많은 일이 있었지만, 언제 죽어도 이상할 것 없는
나이가 되고 나서 남편을 질투하게 만드는 아내가 될 줄은
상상도 못 했는데. 이 나이가 되면 남편의 언짢은 얼굴을 살
펴보는 것도 참 재미있단 말이지. 오랜 세월을 이 사람과 둘
이서 살아왔구나 하는 생각이 들더구려."

노부요시와 사유미 중 누가 질투를 하느냐고 묻기에 머뭇
거렸다. 다키가 웃는다.

"나이 먹으면 어떤 싸움이든 다 오락이 되지."

삿포로 역 8번 승강장에 줄을 서서 전철을 기다렸다. 줄의
맨 앞에 여자 두 명이 나란히 서 있었다. 사유미는 '질투'라

는 말에 마음을 사로잡힌 채 바로 뒤에서 두 사람의 대화를 들었다.

뒷모습이 비슷한 두 여자는 모녀 사이인 모양이다. 어머니는 패딩에 부츠 차림이고, 딸은 짧은 치마에 맨다리였다. 닭살이 돋아 있지도 않은데 보는 사람이 괜히 몸이 차가워지는 것 같다. 젊은 피부에 아깝게 색칠을 한 것 같은 화장을 하고 있다. 어머니는 사유미와 나이 차이가 크게 나지 않는 것 같지만, 복장과 희끗희끗한 머리에서 생활에 쫓기며 사는 피곤함이 엿보인다. 딸이 끈적끈적한 말투로 원망스럽다는 듯이 말했다.

——아까 그 치마, 역시 살 걸 그랬어.

——세뱃돈을 가불해 달라니, 안 되는 거 알잖아.

——친구들은 다 하던걸. 설날 참배하러 갈 때 새 치마 입고 가고 싶었는데. 구두쇠 할망구.

어머니가 남들 시선에도 아랑곳하지 않고 땅이 꺼져라 한숨을 쉬었다. 딸도 이에 질세라 뿌연 입김을 훅 내뿜었다.

대화가 주변에 들리는 상황에 익숙한 것인지 사람들 시선에 관심이 없는 것인지. 다키는 표정의 변화 없이 주름살에 묻힌 눈길을 곧장 선로 쪽으로 향하고 있었다.

전철이 승강장에 들어온다. 안내 방송이 크게 울렸다. 다키가 떠들썩한 틈을 타 사유미의 귓가에 입술을 가까이 대고 말했다.

"행복한 게야."

순간 무슨 말을 하는지 몰라 눈으로 물었다.

"아마 행복한 게야, 이 사람들도, 우리도."

오타루 방면에서 타고 온 승객이 대부분 내리고, 사유미는 운 좋게 노약자석과 일반석이 연결된 두 자리를 확보했다. 다키와 사유미 둘 다 당당히 앉을 수 있는 좋은 자리였다.

에베쓰가 종착역인 열차라 만원이었던 승객이 약 30분 동안 30퍼센트는 줄었다. 승강장에서 서로 으르렁거리던 모녀도 어느덧 시야에서 사라졌다. 사유미는 그제야 부츠 코가 허옇게 바랜 것을 알아차렸다. 화려한 노부인들의 복장은 꿈의 세계를 엿본 듯했고 프로의 가창력을 라이브로 감상한 것도 가슴 뛰는 사건이었다. 띄엄띄엄 가짓수를 늘려 가는 이즈미 다키의 중얼거림도 사유미의 '지금'에 녹아든다.

"자자, 바람도 안 부니까 걸어서 갑시다. 질투쟁이 영감이 기다리는 집에 최대한 천천히 도착하자고."

눈길은 한 사람이 지나갈 폭 만큼 밟아 다져져 있었다. 사유미는 그 길을 정정하게 걸어가는 노인의 작은 등을 좇았다. 역 승강장을 지나가는 특급열차 소리가 사라지자 선로를 따라 난 길에는 아무 소리도 들리지 않게 되었다. 사유미는 소리 내지 않고 작은 등에 대고 행복의 의미를 물어본다.

──언젠가 어떤 싸움이든 다 오락으로 여겨질 만큼의 '지금'이란 어떤 걸까.

아버지와 어머니는 한 사람과 한 사람이 모여 둘이 되었고, 셋을 거쳐 다시 둘이 되어 걸어간다. 시어머니인 데루는 혼자가 되어서도 둘이 함께하는 삶을 계속했다. 오카다와 유리는 혼자를 강하게 의식하며 둘이서 살아간다.

노부요시와 자신은──.

처음 만났을 때부터 언제나 노부요시가 사유미의 '해답'이었다. 혼자서는 잘 흘러가지 못하기에 둘이 되었던 것은 아닐까.

노부요시에게 아이를 원하는지 물어본 적이 없다. 피임도구를 사는 것은 늘 자신의 역할이었지만, 정말 그걸로 충분했던 걸까. 무언의 준비가 고스란히 임신 거부가 되었던 것은 아닐까. 노부요시에게 물었을 때 그가 지을 표정을 볼 용기가 나지 않았음을 깨닫고 사유미의 발걸음이 무거워진다.

팔랑팔랑 작은 눈이 흩날리기 시작했다. 마음도 쌓일 것 같은 밤이다.

집 앞에 도착하자 사유미는 다키에게 물었다.

"저도 행복한 걸까요?"

"물론이지, 어느 모로 보나 완전한 행복으로 보이는걸."

사유미의 질문을 기다렸다는 듯한 미소가 돌아왔다. 주름살에 묻힌 눈동자에 흰 눈을 비추며 다키는 완전한 행복이라는 말을 썼다. 잘 반응할 수가 없었다. 다키가 입꼬리를 한껏 올리고 환하게 미소 지었다.

"잠깐 기다리구려."

그녀는 일단 집 현관으로 사라졌다가 이내 사유미 곁으로 돌아왔다.

"이거, 받구려. 더 나은 행복을 부르는 고양이."

다키는 사유미의 손에 '나오미'를 쥐여 주고 "잘 자" 하고 웃었다.

사유미의 손바닥에 놓인 배꼽이 있는 고양이가 눈을 녹이기 시작한다——.

"당신은 좋은 사람이군요."

무더운 여름날 밤, 노부요시와 사유미의 인연은 그 한마디로 시작되었다. 사람들이 보지 못하고 그냥 지나치는 순간, 혹은 보고도 슬쩍슬쩍 피하기만 하는 순간을 사유미의 눈은 포착해 냈고 모른 척하지 않았다. 노부요시의 눈에는 그런 사유미의 모습이 들어왔다. 그래서 말을 건넸고 서로를 알아볼 수 있었다.

두 사람은 느린 호흡과 고요한 파장을 지녔다. 그렇기 때문에 평범한 일상 속에서 별것 아닌 순간을 잡아내 특별하게 만든 것이다. 첫눈에 반해 뜨겁게 불타올랐다가 금방 사그라지는 관계와 달리 두 사람은 뭉근히 피어오르는 인연을 더욱 깊고 진실된 관계로 발전시켰다.

결혼에 이르기까지 몇 가지 장애물이 있었지만 그런 세속적인 잣대는 두 사람에게 아무런 문제가 되지 않았다. 부부가 된 후, 간혹 어떤 이들은 부부 사이에는 비밀이 없어야 하기에 서로를 속속들이 알아야만 직성이 풀린다고 하지만, 노부요시와 사유미 부부는 굳이 내보이고 싶지 않은 것은 숨겨도 된다며 하나된 서로의 공간을 지켜 준다. 많은 말을 꺼내지 않아도 서로 통하기 때문에 고요한 파장 속에서 소소한 기쁨과 행복을 느끼는 것이다. 물론 가끔 서로를 위해 거짓말과 침묵을 할 때도 있지만, 그래서 의심과 질투를 하곤 하지만, 신뢰로 잘 다져진 두 사람의 관계에 살랑살랑 잔바람을 일으킬 뿐이다.

작가 사쿠라기 시노는 부부의 관계, 그리고 사람과 사람의 관계는 엷은 물빛을 덧칠해서 그려 나가는 수채화 같은 것이라고 했다. 이 말처럼 두 사람은 첫 만남부터 누가 먼저랄 것도 없이 자연스럽게 손에 붓을 하나씩 쥐고 채색을 해 왔다. 사유미가 느린 호흡으로 엷은 물빛을 칠하면 노부요시 또한 서두르지 않고 그 위에 덧칠을 했다. 채 마르지 않은 물감이 서로 어우러져 두 사람만의 오묘한 모양과 빛깔을 완성해 나간다.

그렇게 덧칠한 물빛이 제법 진한 빛을 띠어 가며 두 사람은 매일 조금씩 부부가 되어 간다. 좋기만 한 날뿐만 아니라 사소한 일로 다투고 관계가 틀어지는 날도 있을 것이다. 서로 싸우고 고민한 이유를 깨닫고 온화한 미소로 넘기려면 그동안 함께했던 세월보다 더 많은 시간을 필요로 할지도 모른다. 처음에 서로를 알아봤던 그 마법과도 같은 순간을 잊지 않는다면 노부요시와 사유미 부부는 앞으로도 둘이서 살아가든, 혹은 식구가 셋으로 늘어나든 끄떡없을 것이다.

　사쿠라기 시노는 석 달에 한 편씩 연재하여 2년 남짓한 기간 동안 『둘이서 살아간다는 것』을 완성했다. 독자들도 한 편 한 편을 천천히 음미하며 좋은 소설과의 만남을 알아보고 기뻐했으면 좋겠다.

2020년 겨울
이정민

둘이서 살아간다는 것

1판 1쇄 인쇄　2020년 12월 28일
1판 1쇄 발행　2021년　1월　4일

지은이 · 사쿠라기 시노(桜木紫乃)
옮긴이 · 이정민
발행인 · 주연지
편집인 · 석창진
편집　 · 최소라
디자인 · 김서영
마케팅 · 허은정

펴낸곳 · 몽실북스
출판신고 · 2015년 5월 20일 (제2015 - 000025호)
주소 · 서울 관악구 난향7길52
전화 · 02-592-8969 / 팩스 · 02-6008-8970
전자우편 · mongsilbooks@naver.com
카페 · http://cafe.naver.com/mongsilbook
네이버 포스트 · post.naver.com/mongsilbooks_kr
인스타그램 · instagram.com/mongsilbooks

ISBN 979-11-89178-32-1 (03830)

● 이 도서의 국립중앙도서관 출판예정도서목록(CIP)은 서지정보유통지원시스템 홈페이지
(http://seoji.nl.go.kr)와 국가자료공동목록시스템(http://www.nl.go.kr/kolisnet)에서 이용하실 수
있습니다.(CIP제어번호: CIP2020052991)
● 잘못된 책은 구입하신 서점에서 바꿔 드립니다. ● 책값은 뒤표지에 있습니다.